「俺と彼と、どっちを取るか、まだ答えていなかったな」
わざと先端を押しつけるように腰を揺らされ、嘉槻は喘いだ。 （本文より抜粋）

DARIA BUNKO

淫呪の疼き -溺愛鬼と忘れ形見の術師-

高月紅葉

ILLUSTRATION 笠井あゆみ

ILLUSTRATION
笠井あゆみ

CONTENTS

この作品はフィクションです。

実在の人物・団体・事件などに一切関係ありません。

淫呪の疼き -溺愛鬼と忘れ形見の術師-

瑞々しい緑苔へ散り広がる、沙羅双樹の花は可憐だ。

しかし、かたわらにたたずむ青年の心は、花を観賞する余裕もなく、もの憂い。

この春に看板を掲げたばかりの封印師・渕ノ瀬嘉槻は、またしても入った横槍に気づき、苔の上の花から視線を転じた。

「いや、あの……」

機械仕掛けの人形のように腰を折って弁解していた男が、くしゃくしゃになった手拭いでしきりと額の汗を押さえる。安物の背広は汗でよれて、見るからに暑苦しい。

対する嘉槻の夏背広は、腰あたりを詰めたダブルブレストで、生成り色が涼しげな風情だ。仕立ての妙がある。華奢な彼の身体を遊ばせながら包んでも不格好に見せない。

首筋も、額や頬も、透けるように白い肌をしていて、残り梅雨の湿った風に吹かれる黒髪は悩ましいほど艶を帯びている。

「あ、あ、これは、足代として取っておいて……。いやぁ、本当に申し訳ない」

封筒を握らせてきた指が、さりげなさを装って手の甲を撫でる。

嘉槻はひっそりと柳眉を震わせ、受け取った封筒を背広の内ポケットへしまう。丁寧に一礼をした。

「御用はないようですから、これで失礼します」

身体を起こして、判で押したような挨拶を口にする。

まだなにか言いたげな相手は完全無視だ。もはや、なにの関係もない。

ただ、苔庭で悠然と枝を伸ばす沙羅双樹の古木に対しては、名残惜しさを感じた。咲き姿そのままに根元から落ちる純白の花は、鮮やかな萌黄色の苔の上にあっていまだ朽ちていない。

花と苔のコントラストを目に焼きつけた嘉槻は、夏めく陽差しが照り返す砂利道を歩き出した。このあたりでもひときわ広い敷地を持つ旧家だ。

古い蔵が三つも四つも建っていて、庭には池があり、川も引かれている。純日本建築の屋敷は堂々たる大きさだ。

屋敷門へ向っていた嘉槻は、なにげなく玄関のあたりを見た。

案の定、ダークカラーの背広を着た若い男がふたり、こちらへ視線を投げてくる。無視をするには距離が近く、申し訳程度に会釈を送った。

「顔で仕事が取れるとでも思ってんのかね」

険のある声が聞こえ、思わず足を止める。

背広の襟につけた家紋章で、関東全域を管轄する『祥風堂』の関係者だとわかった。本家である鬼束家の術師を筆頭に、分家の術師や外部の術師を抱えている指折りの術師集団だ。

術師には二種類ある。さまざまな憑きものを落として霊障を封じる封印師と、少ないながらもいまだに存在している『鬼』を退治する退魔師だ。

どちらの術師も、持って生まれた霊力と修行で得た呪力を駆使し、古くから伝わる呪術を扱う。

「仕事を横取りしておいて、厚顔無恥（こうがんむち）にもほどがあるのでは？」

　値踏みしてくる視線に対し、嘉槻は堂々と言い返した。

　まさか反撃されるとは思わなかったのだろう。ふたりの男たちは怯（ひる）み、すぐに気色（けしき）ばんだ。

　年の頃は嘉槻と同じく二十代半ばに見えるが、実力の差は歴然としている。

　屋敷玄関の立ち番は、儀式に参加できない封印師見習いがこなす雑用だ。

「恥知らずがよくも言ったな」

　男のひとりが、ずいっと前へ出てくる。態度ばかりは一人前に偉そうだ。

「なにが『槐風堂（かいふうどう）』だ。鬼の呪（のろ）いを受けて本家から追い出されたくせに。どんなに修行をしても、そんな穢（けが）れた身体じゃあなぁ。……どこの鬼が相手かは知らないけどさぁ、もうヤラれちゃってんだろ？」

　にやにやと笑いながら覗（のぞ）き込まれ、嘉槻はうんざりしながら相手を見据えた。優美な曲線の眉を上げたが睨（にら）んだりはしない。そんな労力さえ無駄（むだ）だ。

　しかし、またしても仕事を横取りされた怒りは湧（わ）いてくる。

　憂さ晴らしに言い返してやろうと口を開きかけた嘉槻は、己の背後に人が立つ気配を感じて押し黙った。

　つい先ほどまで、微塵（みじん）も感じなかった雰囲気が、まるで降って湧いたように背中へ添う。

下世話な勘繰りをしていた男たちは、揃いも揃って小動物の仕草で両肩をすくめ、現れいでた存在を見上げながらあたふたとあとずさった。

「かまわないでください」

嘉槻は肩の位置で手を挙げ、背後の存在感に対して制止の意図を示した。目の端に映ったのは墨色の衣服だ。確認するまでもなく、背広姿の青柳が立っている。

一九〇センチの長身だけでも威圧感があるのに、涼しく端整な美貌で睨みを利かせているに違いない。

男たちの視線は挙動不審に動き回り、嘉槻は同情を禁じ得なかった。あまりにみっともなくて憐れだ。

「あ、あんまり図に乗るなよっ！」

「たいした実力もないくせにな……っ」

捨て台詞を吐いたかと思うと、ぱっと身を翻して走り去る。

「……持ち場を離れるなんて」

あきれてしまった嘉槻は、肩越しに振り向いた。

普段から神出鬼没な青柳は、涼しげな表情でにこりと微笑む。墨色の背広がよく似合い、美丈夫の彼が立つ場所だけ異空間に思える。

「さぁ、帰ろう」

声をかけられ、手のひらが背中に添った。嘉槻は小さくうなずいて歩き出す。

ふたりで屋敷門を出て、古い塀が並ぶ通りを行く。

すぐに小さな駅舎が見えてきた。素通りして裏通りへ入り、小高い山へ向かう。さらに先には古都を囲う屏風のような山の稜線が見えた。空は青々として広く、夏雲が湧き立っている。

槐風堂という屋号で封印師を始める数か月前まで、嘉槻は青柳と共に山奥で暮らしていた。六年の月日は過酷な修行にあてられ、十八歳だった嘉槻は二十四歳になった。

「残念だったな、嘉槻」

慰める青柳の声は穏やかに低い。しかし澄んでいた。

「想定内です」

仕事の邪魔をされるのも、嫌味を言われるのも、今日が初めてではない。答えた嘉槻はきっちりと締めたネクタイもそのままに、内ポケットから封筒を取り出した。

「足代はいただきました。しばらくの食費にはなるんじゃないですか」

「それは良かった。そろそろ新しい酒が欲しかったところだ」

「食費、って言ったんです」

「まぁ、固いことを言うな。嘉槻も、薄めた酒は好まないだろう」

「それは、そうですけど……」

ちらりと視線を向けて、言葉を飲み込む。

青柳の容姿は、出会ったときから微塵も変わっていない。そもそも彼は歳を取らない存在だ。精悍な頬をした彫りの深い顔立ちで、くっきりと刻まれた二重のまぶたと思慮深げな黒い瞳が印象深い。極めて端正で涼しげな印象の男だが、術師たちを圧倒する呪力をその身に秘めている。

先ほどの未熟な術師は言うまでもなく、よほどの熟練術師でなければ、彼の正体に気づくことはできない。

青柳は、当代一と言っても不足のない『高等鬼種』だ。

鬼と言っても、頭に角はなく、寝入ったところをこっそり調べたことがあるのだが、黒い髪を分けても、小さなコブひとつ盛りあがっていなかった。

あれは、嘉槻が二十歳になった頃だ。

成人の祝いだと酒を飲まされ、泥酔した嘉槻は眠りこけた。夢うつつに目を覚ますと、青柳の膝を枕に転がっていて、彼もまた、簡素な庵の柱にもたれて目を閉じていた。

鬼のほとんどが異形だが、まれに、青柳のように人の形をした高等鬼種が存在する。

文献によれば、前者は理性に乏しく、人語も理解しない生まれながらの異形で、後者は人間が外道に落ちたなれの果てだ。人間の言葉を理解し、人間のように暮らし、飲食を愉しみ、戯れに男女を抱く。

精気を吸い取って食らい尽くすことにおいては、どの鬼も変わりがない。そのために、鬼は人間へ呪いを仕掛ける。相手が自分の獲物である印をつけ、呪いによって精気を増幅させ、少しずつ吸い取っていく。その味に飽(あ)きた最後には、骨も残らず食らい尽くされるのだ。

鬼にとっての人間は、保存の利く食べ物のひとつでしかない。

夏の陽差しの中を歩くふたりは、小高い山の入り口へたどり着いた。

雑草が繁(しげ)った向こうに、簡素な腰高の木戸がある。

草の匂いが立ち込める中、先に入った青柳が木戸を押さえた。

先を譲られて足を踏み入れる嘉槻は、世界がスライドして入れ替わる微妙な違和感を飲み込んだ。入って三歩も進めば、違和感は消え、いつものごとく身体が順応する。

外からは雑木林にしか見えないが、結界の中には青草が左右で揺れる、ゆるやかなつづら折りの階段があり、平屋の日本家屋が竹林に包まれている。

青柳の張った結界は強固だ。どんな動物も霊体も中へ入ることは叶(かな)わない。

本来であれば、嘉槻もまた、呪力に差がある青柳の結界内には入れないはずだった。おそらく入り口を見つけることもできない。

しかし、青柳に承認されているので行き来は自由だ。

「ただいま」

玄関の引き戸がカラリと音を立てて開く。十八歳まで親と暮らしていた嘉槻には、無人の家でも帰り着けば声をかける習慣が残っている。

ひんやりと涼しい土間で靴を脱ぎ、廊下を台所まで一直線に進む。

流し台の前に作られた窓から差し込む太陽光で室内は薄明るい。

夏背広をイスの背にかけ、グラスを手にした嘉槻は、水道の蛇口をひねった。冷たい井戸水を注ぎ、タイル張りの流し台を掴みながら、ひと息に飲み干す。

「あぁ、暑かった」

出かけるときは梅雨寒の気配が残っていたが、雲が流れて日が差せば、すっかり夏の暑さだ。

「日が傾いたら、酒屋へ行こう」

青柳の声が間近で聞こえ、流し台を掴んだ嘉槻の手に指が這う。ふいに、封筒を渡してきた男の汗ばんだ指を思い出した。野卑な下心だ。腹立ちがよみがえり、気分が悪くなる。

それも、つかの間のことだ。

顔を覗き込んできた青柳のくちびるが頬へ触れてくる。

大きな手のひらにグラスを取られ、流し台の中へ置かれる。指先が嘉槻の白い頬へ這う。

汲みあげた井戸水に似て、ひんやりと冷たく心地が良かった。

結界の外で起こった苛立ちのすべてがなだめられ、汗ばんだ男の指をすっかりと忘れる。

「ん……」

嘉槻の息づかいが、静かな台所の空気に沈む。

ぴったりと合わさった青柳のくちびるはなまめかしく動き、嘉槻のくちびるを食んだ。思わず引いた腰に青柳の腕が回る。指先の冷たさとは裏腹に、青柳のくちびるは熱を帯びていて、くちづけに慣れることのない嘉槻は戸惑った。

しかし、これはふたりに定められた慣例だ。

嘉槻の内太ももの皮膚が引きつれ痺れる。こもった熱の固まりがゆるやかに溶けていく感覚がした。

厳重に張り巡らされた青柳の結界内へ踏み入れることができるのは、彼に許されているからだ。家の結界を出入りするたび、忘れることのできない事実を突きつけられる。

つまり、本家から見捨てられ、穢れた身体だと揶揄される理由だ。

それこそが、青柳からの呪いだった。

淫呪と呼ばれる呪いを受けた身には淫欲が湧く。つまりは欲情であり、精力だ。鬼は性的な行為や体液を摂取することで人間の精気を吸い、栄養分に変える。

細かなことはわからないが、くちづけだけでも青柳は嘉槻から精気を吸い取っていく。そして、淫呪をかけられた嘉槻は青柳に精気を吸われることでしか欲情を発散できない。

「……そ、んな……に……」

手のひらで胸を押し返しても、身を屈めた青柳はびくともしない。いっそう抱き寄せられ、あごを反らした嘉槻は逃れようと首を振った。

「……やっ」

子どもっぽい声がこぼれ、ハッと息を飲む。

くちびるを離した青柳が、至近距離でにやりと笑う。

「し、しつこい……」

強がって言い返したが、嘉槻の頬は恥ずかしさで火照（ほて）った。

両親を失い、呪いを受け、その上に重傷を負っていた嘉槻は、青柳にさらわれた。そして、そのまま山の庵に住み着き、修行が始まったのだ。淫呪をかけられたと知ったときから、祥風堂に戻（もど）れないことは自覚していた。

そういうものだ。山の中で起こったことは、山の中で処理される。

「嘉槻はもう、子どもじゃないだろう」

まるで口説（くど）くようにささやかれ、背中にぞくりと震えが走る。嘉槻はさらに戸惑い、青柳を突き飛ばして逃げ出したくなった。

彼の『淫呪』を刻まれた身体は、特別なことをされていなくても欲情を覚える。

湧き上がる欲は嘉槻に年相応の欲を感じさせたが、青柳はまだ、くちづけしかしない。

細い手首をしっかりと掴まれ、腰を抱かれ、身体をひねることもできない嘉槻は流し台へ追い込まれていた。熱くなる下半身を悟られはしないかと、気が気でない。

じっと見つめてくる青柳が口を開いた。

「きみから、くちづけしてくれ」

「……どうして、僕が……んっ」

青柳の顔がふたたび近づいてきて、嘉槻はぎゅっとくちびるを閉じた。からかわれているようで気が悪い。しかし、舌先でペロリとくちびるを舐められ、身体がすくんでしまう。じわじわと腰が熱くなり、火照りが全身に広がる。

「きみはすっかり年頃だ。くちづけだけで我慢できなくなるのも、時間の問題じゃないか」

「……知らなっ……ぃ……。ん、ちょっ……ぁ……」

何度もくちびるが重なり、角度を変えて押しつけられる。下くちびるをねっとりと吸われ、青柳のくちびるを追いかけそうになって我に返る。伏せたまつげを押しあげて、相手をきつく睨んだ。

「……これぐらいで、いいでしょう」

肩で息をして、どぎまぎと顔を背ける。くちびるを手の甲で拭いながら、青柳の手を振りほどいて離れた。激しいくちづけで煽られ、身体が反応を示す。足はふらつき、流し台に腰を預けながらため息をつく。

「青柳は、しつこい……」

「仕方がないだろう。年頃の獲物がそばにいれば、いままでのようにはいかない」

「どういう意味？」

強い口調で返したが、飄々とした青柳には通じない。整った顔つきは、憎らしいほどに涼しげだ。

「俺はいままで一度も人間を食わなかったんだ。食べてしまっては味わえなくなる」

「……じゃあ、僕が最初の犠牲者ってこと、ですね……？」

おそるおそる口にすると、背広を着た青柳は肩をすくめて笑い出す。

「嘉槻は、もう少し、話が通じるようにならなければ……な」

「え？　どういうことですか？」

「いや、あれだ。まだ耳学問も足りてないって話さ」

「まったく、意味がわかりません」

首をひねって答えたが、子ども扱いされていることだけはわかる。嘉槻はけぶるようなまつげを不満げに震わせた。

「そのうちにわかる」

身を屈めた青柳が眩しそうに目を細める。意地の悪いやり取りは、一緒に暮らしてからずっと続いているものだ。

鬼と人間。食う者と食われる者。

呪いを受けた以上、その関係は鬼が消滅するまで覆らない。

「さて、今晩は金平牛蒡と筑前煮と、どちらの気分だ」

「どっちでもかまいません。砂糖と塩を間違えないなら」

「難しいところだな」

精悍な頬をゆるめた青柳は、太い首筋に指先を添える。なにげない仕草だが色気があり、嘉槻はあわてて顔を逸らした。

「そろそろ『管狐』たちを放してやってはどうですか」

白い陽差しで薄明るい台所をぐるりと眺め、あわててしまった失態を取り繕う。

「騒がしいのに……」

嘉槻の態度をなにげなく見過ごした青柳は、小粋な仕草で肩をすくめた。

そして、背広の内ポケットから細い管を取り出す。竹を細工したもので、青柳の大きな手で握って上下がわずかに見える。先端にはまった栓を抜き、軽く振ると、中身がするりとこぼれ落ちた。

竹筒に入っていたとは思えない大きさの小動物が二匹、板張りの上に座っている。

姿はテンやオコジョに似て、全長は尻尾を含めて三十センチほどだ。身体と尻尾は等分で、全身はやわらかな毛に覆われ、つぶらな瞳が愛らしい。

「また、お仕事を横取りされたんですね！」

「腹が立つなぁ、腹が立つ」

床の上でぐるぐると回り、追いかけっこをしたかと思うと、嘉槻の足元へ近づいてきた。するすると肩まで登ってくる。

尻尾がふさふさで白い毛並みの雪白と、スリムな尻尾で焦げ茶の毛並みの影月だ。人語を操る妖魔の一種で、青柳に仕えている。

「しかも、イジワルなことを言われていたでしょう！」

「なんか、もう、かじってやりたい！」

甲高い声は幼児を思わせたが、中身は年齢不詳だ。

「嘉槻さま、お着替えをしないといけませんね」

「本当に、今日もおつかれさまでした。行きましょう、行きましょう。……主さまは大人だから、ひとりで平気ですね」

「嘉槻だって、大人だ」

まくしたてていた影月が、青柳の大きな手にさらわれる。

「じゃあ、食べておしまいに？」

手の中からするりと逃れ、影月は目にも留まらぬ速さで青柳の肩へ駆けのぼる。嘉槻の肩では雪白が叫んだ。

「えぇー！　食べちゃうんですかぁ～！　うそぉ～」

「嘘だよ、嘘に決まってるじゃないか！」

間髪入れずに言い返すのは、青柳でも嘉槻でもなく、影月だ。

「でも、『食べられる』って言葉には、いろんな意味がありますからぁ～ねぇ～」

ふわふわのやわらかな毛を嘉槻の頬へ寄せた雪白が歌うように言う。かしましく騒がしいわりに、耳へ届く高めの声色は心地いい。

「ん？」

聞き流しそうになった嘉槻は首を傾げた。きわどいことを言われた気がしたからなおさらだ。しかし、あえて問い直さない。青柳の視線からも逃れて、台所を出た。

青柳の結界内にある家屋は、純日本建築の平屋だ。

土間の玄関を入った左手の廊下にトイレ、納戸、勝手口などがあり、突き当たりが台所でその右隣が風呂。

廊下に沿って二間続きの座敷が並び、その縁側へ出て右へ行くと寝室として使っている十畳の和室がひとつある。

嘉槻が勉強部屋として使っているのは勝手口の隣にある三畳の小部屋だ。文机と本棚が置いてあるが、文献は棚から溢れて床にも積みあがっている。駆け出しの封印師としてはまだまだ学ぶべきことが多く、気を抜くことはできない。祥風堂のように仲間の互助があるわけではないので、何事にもひとりで対応していく柔軟さを求められる。

戸の向こうから声が聞こえ、嘉槻は生返事をした。

しばらくの間を置いて、戸が静かに開く。

「そろそろ眠ったら、どうだ」

「うん……。あと、もう少し……」

文机に頬杖をついた嘉槻は、背中で青柳の声を聞いた。寝間着の浴衣姿だ。白地に紺色の竜胆が染められていて、ほっそりとした可憐な首筋が際立つ。

「やっぱり、経験が足りていないんですよ。文献を読んでいても、腑に落ちないことが多い」

振り返りもせず、文書へ目を走らせてぼやく。嘉槻がこなす仕事のほとんどは、青柳がどこからともなく取ってくる。元々の数が少ない上に、祥風堂の術師に嫌がらせをされ、なかなか場数を踏むことができないのだ。

嘉槻の内心を悟り、青柳が笑った。

「まだ看板を出して数か月だ。焦ることはない」

「それは……」

愚痴を重ねそうになり、嘉槻は言葉を飲んだ。

背中で戸の閉まる音を聞き、軽い自己嫌悪に苛まれる。うつむきながら、髪の中へ指を差し入れた。

文机の正面に開いた網戸を通して吹き込む風は涼しく、にわかに沸騰した感情も冷めていく。

嘉槻が『山を降りて封印師を始めたい』と言ったとき、青柳は反対しなかった。淫呪をかけられている嘉槻は、青柳がいなければ自分の性欲をなだめられない。だから、ふたりで山を降りることになったのだ。そのあとは住む家も仕事も、青柳がお膳立てしてくれている。

考えてみれば、ひとりではなにもできなかった。青柳が焦るなと言うのも当然だ。

網戸の向こうは闇に落ち、目を凝らすとひとつふたつと点滅する光が浮かぶ。今年初めて見る蛍に、嘉槻は眉根を開いた。

季節が巡ったことに感慨を覚え、山で眺めた蛍の群れを脳裏に思い描く。

幻想的な景色だった。庵からほど近い窪地に、夏が巡るたびに現われ、家族を失い、ひとりきりになった嘉槻の寂しい心は慰められた。それは、夏の蛍だけではない。春の山桜や藤や、秋の色づき、しんしんと降る雪景色もまた嘉槻を満たして育んだ。

季節が巡るたび、嘉槻は少し大人になり、時間が悲しみを薄れさせていく。

祥風堂の一員だった両親は、ひとり息子を守ろうとして息絶え、嘉槻は永久の別れを告げる間もなく意識を失った。そのあたりの記憶はおぼろだ。

いまも不完全に欠けたまま、戻らない。

嘉槻はぐっと奥歯を噛みしめた。

どんな過酷な修行にも耐えたのは、両親と同じく、鬼を抹消できる退魔師になるためだ。

そこへ至る試験や資格があるわけではない。力を蓄え、技を磨き、特性を開花させてようやく、鬼に対する強烈な呪術が使用できる。術の強度に耐えられることが退魔師の証しだ。

未熟なうちに実力以上の呪術を使えば、術師に跳ね返って危険が大きい。だから、封印師として経験を積み、使える呪術の強度を上げていくことになる。

狭き門であることは百も承知だが、両親が共に退魔師だった術師は珍しい。力を引き継いでいるはずだと、山にいた頃の青柳は草を噛んで目を伏せた。

その横顔を思い出し、嘉槻は文書へ目を戻す。集中しようとしても難しく、物思いを排除すれば眠気が忍び寄ってくる。

大きく息を吸い込んで、両手を天井へ向かって差し伸ばす。浴衣の袖が肩へ落ちて、華奢な白い腕があらわになった。

親の意志を継ぐための退魔師志願だが、その果てには、青柳を討つという目的がある。

鬼にかけられた淫呪を解くには、呪い主を消滅させるしかないからだ。

それを知っていて、青柳は飄々と微笑み、嘉槻の呪力を鍛えて山を降りた。

鬼の考えることなど理解できない。

そう思いながら、重たくなってきたまぶたをこする。

青柳の思惑を想像しても袋小路に迷い込むだけだ。どんなに親切で優しく見えても、青柳の本性は鬼であり、人の常識は通用しない。

いまの関係も、彼の気まぐれだ。青柳がその気になれば、嘉槻は抵抗もできずに淫欲を溢れさせ、犯された挙げ句に四肢をもがれて食される。

緊張感の伴う関係のはずだが、不思議と恐怖はなかった。

淫呪をかけられているせいなのか、鬼に対するシンパシーが心の奥深くにある。それは、青柳の考えを理解できなくても、わずかには知っていると思う気持ちだ。

これまで鬼に食われてきた人間も、こうして感覚を麻痺させられていたのかもしれない。

高等鬼種が相手なら平常心を保てるかもしれないが、異形の鬼は見た目も匂いも嫌悪感を催す存在だ。一日も耐えられずに精神崩壊するだろう。

静かに震える息を吐き出す嘉槻は、文机へと顔を伏せた。

我慢できずに自分の浴衣の裾をまくる。青柳へのシンパシーに揺さぶられた身体は熱を帯びていた。そこに触れるため、正座した足のあいだへ指を差し込んでいく。

「……っ」

若い性はあっけない。昼間は我慢できたのに、夜になって疲れが溜まれば、青柳が仕掛けてくるくちづけの名残に情火が灯る。

藍染めの越中を引っ張り、脇から取り出した昂ぶりに指を絡めた。息で喉が詰まり、身体がぶるっと震えてしまう。

女の身体を知らないままで青柳と暮らし始めた嘉槻は、こういうときになにを想像すればいいのかを知らなかった。ただ目を閉じて、浅い息を繰り返す。

くちびると下半身と、どちらも熱くなり、知らず知らずのうちにくちびるを舐めた。濡れた感触が痺れを生み、下半身をしごく手の動きが速くなる。

出すためだけの行為だが、味気ないとは思わなかった。嘉槻にとって自慰は、身体に溜まった淀みを抜くための行為だ。それでも射精の快感はある。

ひと通りを義務的に済ませ、手や身体を拭ったティッシュを堅く丸めた。

ゴミ箱へ投げ入れたあとで、虚無感がやってくる。

鬼の生態は謎に包まれ、文献を読んでも憶測の域を超えない。精気を吸うとあるが、その方法は主に体液の摂取だ。獲物が興奮状態にあれば味が増すという。しかし、青柳が仕掛けてくる行為は子ども騙しだ。

嘉槻の欲情は晴れるが、青柳が満足に精気を吸えているのか、わからない。

もし不足があれば、どこかで調達するのだろう。

心に隙間風が吹き、火照って上気していた頬も色褪せた嘉槻はもの憂くうつむく。

迷いや不安が複雑に絡まり、心の中で渦を巻いた。

早く力をつけ、退魔師になりたい。そうして、青柳を討てば、この鬱屈は終わる。

繰り返し、自分の気持ちを奮い立たせても、退魔師になることの難しさは知っていた。両親が揃って退魔師だったこと以外に自信を裏付けるものがなく、気持ちは常に揺れ続けている。

声に出さず、両親を呼んでみた。

脳裏に浮かぶのは、懐かしいふたりの顔ではない。嘉槻をゆるく支配する鬼の美貌だ。

自分でもあきれてしまい、息づかいは夜風にまぎれた。自慰で疲れた嘉槻は、孤独に耐えきれず、うとうと眠りへ落ちていく。

「……また、居眠りをして」

遠く、青柳の声が聞こえた。ことりと小さな音がしたのは、文机に湯のみを置いたのだろう。差し入れの苦い緑茶だ。眠気覚ましになるが、今日はもう必要ない。

「焦るなと言っても無理だな、嘉槻。止めても進むのがきみだ」

青柳の声を聞いても、嘉槻は目覚めることができなかった。眠くて眠くてたまらない。

そして、夢を見るように、焦りに焦って、泣きながら邁進した六年間を思い出す。

初めこそ青柳に反発したが、厳しく扱われて恨みも憎しみも霧散した。集中を切らせば命を落とすような修行も多く、気持ちを揺らす暇さえなかったからだ。

修行に打ち込むことでしか、両親を失い、淫呪を背負った嘉槻の心は埋まらなかった。

山を降りて余裕ができ、嘉槻はあれこれと考えてしまう。まったく上手ではないもの思いだ。答えもなく堂々巡りで、自分でも嫌になる。

肩を掴まれ、ひょいと危なげなく抱きあげられる。起きようと思ったが、背中と膝裏に青柳の太い腕の感触がして、身を任せるしかなくなった。

どこにも頭をぶつけることなく運ばれて、寝室にしている廻り縁側のある和室に敷いた布団へ寝かされる。夢とうつつのあいだで、うっすらと目を開いた嘉槻は、夏掛けの薄い羽毛布団に包まれた。

寝返りを打って、隣に敷かれた布団の足元のほうを見る。青柳は縁側の柱に背を預け、片膝を立てて酒を飲んでいた。彼も浴衣姿だ。白地に崩し文字が散っている。

猪口（ちょこ）を使わず、徳利（とっくり）を傾けて喉に流し込む姿は、凜々（りり）しくも豪快だ。逞（たくま）しい喉元が動いているのを感じながら、嘉槻はいつしか眠りに落ち、夢を見た。

整合性の取れない、忘れた記憶が舞い戻ってくる。

両親がいて、深い山の中だ。

木々は暴風にたわんで揺れ、不穏な気配の中に咆吼（ほうこう）が響いた。逃げろと叫んだ母親に突き飛ばされ、目の前が真っ赤に染まる。助けようと伸ばした手が払いのけられ、父親の背中が視界いっぱいに迫ってきた。

ふたりが死ぬことを、嘉槻は当たり前のように悟る。

こんな夢はいくらも見た。

繰り返し、繰り返し、喪失をなぞって打ちのめされる。修行中の身でなかったなら、封印師としての力があったなら、足手まといにはならずに済んだに違いない。

後悔は激しく嘉槻を苛み、薄闇の中で悲鳴をあげながら飛び起きる。全身にびっしょりと汗をかいていた。髪は濡れて額へ貼りつき、浴衣は不愉快に湿り、息は乱れて収まらない。

「……っ、はぁ……っ」

浴衣の胸元を握りしめると、縁側で酒を飲み続けていた青柳が近づいてくる。

「また夢を見たのか」

嘉槻のそばに膝をつく。肩を抱いて布団へ戻そうとしたが、浴衣が汗で濡れていることに気がついて動きを止めた。

「……着替えがいるな」

つぶやいて立とうとする男の袖を、嘉槻はとっさに掴んだ。小刻みに震えた身体を支えるためにしがみつく。

浴衣の襟元を握りしめる華奢な指に、青柳の大きな手のひらが重なった。

「あれは、あなただった……」

悪夢にうなされた嘉槻の声はかすれ、和室へと忍び入る夜風にさえ消されそうになる。

「どうして、あんな残酷に……。あなたは、父や母の……友人だったじゃないか」

「俺ではない」

青柳が即座に答える。しかし、今夜の嘉槻も受け入れられない。激しく首を振って拒んだ。

あまりに整いすぎた青柳の顔立ちは不自然だ。人ならざる者のいびつさがある。

まだ夢を見ているような気がした。

鮮血に染まった視界はどす黒く濁り、そこに浮かんでいた青柳の姿は見るからに禍々(まがまが)しい。

「うそ。嘘だ。嘘つき。本当のことを言って……。どうして、僕に淫呪なんて……。友人だと言っておきながら、その子どもに……あなたは、恥知らずだ……」

「嘉槻……。夢は真実じゃない。思い込みの産物だ。引き込まれて騙されるな」

「よくも、そんな……」

憎しみのこもった視線を向けた瞬間、嘉槻の両目から涙がこぼれ落ちた。真珠の粒を撒いたようにハラハラと転がり、浴衣を濡らす。

「僕の身体に刻まれた呪いは、真実だ。夢なんかじゃない」

足の付け根の一部分が熱く火照る気がして、嘉槻はくちびるを噛んだ。

淫呪をかけられた人間には、鬼の所有物の証しである淫紋が浮かぶ。

嘉槻の場合は、左太ももの内側だ。情欲が募り、精気が溜まれば、やわらかな皮膚に赤黒い複雑な文様が出てくる。一日に一度のくちづけは、それを押さえるためのものだ。

もしも、くちづけをしてもらわなければ、嘉槻の欲情を餌に淫紋は育って魔を呼び、性的な欲求不満に陥った嘉槻の精神は恐慌をきたす。

「俺は、おまえを食べたりしない。寿和と奈槻の忘れ形見だ。必ず、ひとかどの退魔師に育ててみせる」

「そんなこと、どうやって信じればいいんだ」

何度もぶつけてきた疑問を、今夜もまた感情のままに投げつける。

青柳を抹消するために退魔師になろうとしているのに、彼は嘉槻を育てあげると言う。これではまるで、彼が死にたがっているようだ。

「信じられない」

嘉槻がつぶやくと、青柳の凜々しい表情がわずかに曇った。

「きみはただ、自分を信じていればいい。退魔師になると誓いを立てただろう。あのときのままの気持ちで、進んでいくだけだ」

そっと背中を撫でられ、顔を覗き込まれる。くちびるが近づき、逃れようと試みる嘉槻は、身体を左右によじらせた。

「ん……」

追われたくちびるが塞がれる。体温が迫ってきて、思わず目を閉じてしまう。心地のいいくちづけだ。頬に押し当てられた大きな手のひらが涙を拭っていく。

憎らしいほどに嘉槻の心は凪ぎ、両手で青柳が着ている浴衣の衿を掴みながら、身体の震えをこらえた。なにもかもをあきらめて、身を投げ出したい気持ちになる。

自分からくちびるを開き、舌を迎え入れたかった。そして、いっそ全身に触れて欲しい。

そう考えた瞬間、嘉槻は目を見開いた。両手で青柳の胸を突き飛ばす。厚みのある逞しい肉付きに心臓が跳ねた。

「子どもじゃないんだから。こんなことで……、ごまかされない……っ」

肩を大きく上下させて勢いよく立つ。けれど、身体がついて来ず、視界が回る。

「ごまかしたわけじゃないさ」

膝立ちになった青柳の両手で腰を支えられ、嘉槻はいっそういたたまれない。両腕を優しく引かれ、布団の上へ戻される。

「嘉槻は、ここで待っておいで。湯と着替えを持ってこよう」

青柳がすぐに部屋を出ていく。ひとり残された嘉槻は縁側へ目を向けた。

迷い蛍が一匹、闇の中を飛んでいる。

行くあてのない動きに自分を重ね、親の仇かもしれない鬼と暮らしていることの不合理に、胸が張り裂けそうに痛む。

なぜ、両親を殺したのか。

なぜ、淫呪をかけたのか。

そのどちらもなかったなら、青柳を抹消することは考えずに済んだ。

しかし、こうして暮らす日々もなかった。

こんなふうに考えてしまうことも淫呪によるシンパシーかと思うと、胸の奥はいっそう軋んでいく。自分の気持ちが、まるで自分のものではない。

嘉槻は溢れてくる涙を浴衣の袖で押さえた。そして、今夜もただやり過ごす。

それしかできなかった。

＊＊＊

古い書物を開いて持ち、着物の裾を揺らしながら裸足で歩く。板張りの廊下は涼しい。七月に入った頃から湿気が少なくなり、足裏の感触も乾いていた。

「青柳。教えて欲しいことがあるんですけど」

寝室にしている和室の廻り縁側を覗くと、薄衣をおおざっぱに着こなした青柳が柱にもたれていた。手にした煙管に煙草が差し込まれ、紫煙が細くたなびく。

銀鼠色の単衣だが、胸元は大きくゆるみ、片膝を立てた足は太ももまであらわになっている。

嘉槻は眉をひそめた。いまさら小言を口にするわけではないが、青柳の配慮のなさにはうんざりする。淫呪に囚われている嘉槻にとって、呪い主のあらぬ姿は毒だ。しかも、山で暮らしていた頃はやり過ごせたことが、この頃になって、まるでうまくいかない。

人と交流を持つようになり、さまざまな感情や気配に触れることが増えたからだ。心はざわめき、迷い、焦り、本家に属する術師への妬ましさも持て余す。彼らは断然、苦労がないように見えた。

徒党を組んで行動し、青柳が探してきた案件や嘉槻がやっとのことで取りつけた案件を横から奪っていく。

しかし、彼らにはひとりで案件をこなす実力がなかった。嘉槻にはやれる。だからこそ、腹が立つのだ。

取りかからせてもらえたなら、過不足なく、彼らがよってたかって行うよりも美しく対象を封印できる自信があった。

「さて、俺にわかることならいいけれど」

牡丹（ぼたん）の花が刺繍（ししゅう）された単衣の裾を、青柳はさりげなく直した。その近くに膝をつく嘉槻は麻の襦袢（じゅばん）が白く透ける勿忘草色（わすれなぐさいろ）の薄物を着ている。

「青柳にわからないことなんてある？」

「それはあるだろう」

「忘れた、ってことですね」

嘉槻がからかうように笑うと、煙草をくゆらせた青柳は静かに目を細めた。

「そうだな。忘れもする。もう何百年も生きて、元の暮らしのことなど思い出しもしない」

「親のことも？」

「いただろうか……」

ふざけるでもなく、のらりくらりと言葉が返る。

元は人間だったのなら、青柳にも親がいて、暮らしがあり、恋人や伴侶がいたはずだ。すべてを捨てて外道へ落ちたとも考えられるが、それにしては清廉（せいれん）とした風情がある。

砕けた格好で煙草を吸う姿は怠惰（たいだ）に見えるが、会話を始めれば思慮深く知識も豊富だ。この二面性が、高等鬼種の恐ろしいところだと思い、嘉槻は表情を引き締め直す。

「鬼の『呪い』と『契約』について教えてください。この文献によれば、呪いと契約は両立すると書いてあります。そんなことはありえますか？　呪いは重複しないんですよね」

開いた文献を軽く押さえて尋ねる。くちびるから煙管を離した青柳は、色っぽく煙を吐き出した。

「ありえる話ではある。呪いは重複しないが、呪いと契約は両立する。まず人間が鬼と契約を交わし、そのあとで呪いがかかるパターンだ。」

「でも、契約主の人間を食らうことはできませんよね」

「それはそうだ。鬼が人間を害さないための契約だからな。食べることはできないが、精力気力、つまり精気は摂取できる。あとは、『淫呪』ではなく『延呪』をかける場合もある。……まぁ、だいたいはそのあとで道をはずして、鬼の端くれになるんだ。永遠の命を使いこなせる人間はいない」

「延命の呪い……」

嘉槻は低い声でつぶやく。

時間をかけて血を飲み、肉を削いで味わうため、人間の身体の回復力を高める呪いだ。

異形の鬼は人語を理解せず、『淫呪』と『延呪』を使い分けることはできない。だから、どちらの呪いを使う鬼なのかは確かめる必要がある。

「人間が鬼と契約を交わすのは、そもそも、長寿を願うからだ。病気の家族に対して呪いをかけさせることもある。食事を提供する代わりに健康を手に入れるわけだ。でも、だいたいは自分にかけさせて、外道に堕ちる」

「永遠の命を欲した術師自身が鬼に変わる……。高等鬼種のなりたちですね」

生まれながらの高等鬼種は存在しない。人間の女を孕ますこともあるが、生まれてくる子は生粋の鬼にはならない。一方で、繁殖期を迎えた異形の鬼は、男女の区別なく孕ませ、必ず異形の子が生まれる。

「あなたも相当、力のある術師だったんでしょうね」

「でも、愚かだった」

青柳の答えは、まるで他人を嘲るように冷淡だ。

「後悔しているんですか？」

「俺は、自分の行動を悔やまない。ただ、こんなにうんざりするものだとは、考えていなかったな。ほんの少し、人より長生きしたかっただけのような気もするよ、いまとなっては……。それに、嘉槻も知ってるだろう？　高等鬼種は自分では死ねない」

「……鬼同士でやり合えばよかったんじゃないですか」

「言うね、嘉槻は」

青柳の双眸がきらきらと輝いて見え、なにがそれほどに楽しいのだろうと嘉槻は不思議に思う。辛辣なことを言ったつもりだ。なのに、機嫌を悪くするどころか、朗らかに笑い返される。

「こんなに長く生きて、あんなおぞましいものに殺されるなんて、それこそ最悪だ。……最後だって、俺は自分で選ぶ」

「そう、なんですか……」

選ばれたのは自分だと気づき、嘉槻は言葉を詰まらせながら話を戻した。

「お、鬼との、契約は、大変でしょうね。言葉が通じるならともかく」

「そうだな。ありとあらゆる技を駆使して、ようやく諾と言わせることができる」

青柳なら、術師としても高等鬼種としても契約の経験があるに違いない。

人間と鬼の契約は、どちらかが死ぬまで続く。呪いと同じだ。

「俺と、契約を結ぶか？」

青柳がふいに、からりと乾いた笑顔になり、真正面から見てしまった嘉槻は飛びあがるように背筋を伸ばした。

「嫌です」

即座に拒む。まるで甘い誘惑をかけられたような心地がして、座っているのに身体がふわふわと揺れてくる。肌がひとときに熱く火照った。

対する青柳の眉が跳ねる。

「忠誠を誓うと言っても？」

「あなたの忠誠なんて信用できない」

怒った口調で答えて、つんとそっぽを向く。心臓は早鐘を打ち、まともな思考ができなくなる。だから、縁側の外を睨むように見つめた。

夏の陽差しが降りそそぐ庭は、眩しいほどに輝いて美しい。

さまざまな草が生い茂り、夏花が咲き、下っていく斜面に木々が並ぶ。

しばらくすると、嘉槻の心は凪いでいく。青柳が穏やかに会話を修正した。

「契約を交わしていても、別の鬼に呪いをかけられることがある。そんなことは、書いていないのか？」

身体を傾け、嘉槻の手元を覗き込んでくる。かきあげた髪がひと房だけ乱れて額へかかった。

「あぁ、それも書いてありましたけど……」

自分の髪を耳へかけた嘉槻は、汗ばむ指先を感じながら文献へと視線を戻す。

「別の鬼からかけられた呪いは、契約している鬼にも解けないんでしょう。でも、呪い主の鬼から隠すことはできる」

「隠しておいて、相手の鬼を殺す。そうすれば、契約主は自由の身だ。契約を受け入れるほどの関係なら、鬼も契約主を栄養源にしたいからな。そういうこともある。別の鬼の呪いがかかっていると、あんまり美味くはないんだ」

「そういうものですか……。鬼にとっては、男よりも女がいいんですよね？」

男鬼に限らず、女鬼も女性を好む。だから自然、封印師にも女性術師は少ない。淫呪をかけられても仲間が鬼を討てば救われるが、その場で食べられてしまったら終わりだ。

「なのに、僕なんかを選んで……酔狂ですね」

「獲物は複数持てるし、鬼には美少年を好む者も多い。特に、華奢で清潔なら格好の獲物だ。……きみは、とびきりの美人だよ」

青柳の手が伸びてきて、嘉槻の額にかかった髪をそっとよける。肌をかすめる感触がして、嘉槻の身体はにわかに硬直した。

じっくりと見つめられ、身体が内側から火照り、汗が噴き出してくる。

「そんな、の……。母に似てる女顔なだけで……」

「確かに母親似だが、華奢なのは父親譲りだ。ふたりとも力の確かな術師だった。退魔師の素質はほとんど家系で決まる。本来は女系の血筋のことだ。奈槻は祥風堂の本家筋の出だったから、きみはだれよりも優れている。ここ最近の鬼束家の中で、退魔師から生まれたのは嘉槻だけだ」

「でも、見捨てられました」

淫呪をかけられた嘉槻は、探されることもなく行方不明の除名扱いとなり、山を降りてからも呪い持ちとして蔑（さげす）まれている。死んだと思っていた人間が生きていても、祥風堂の術師たちからは驚くことも心配されることもない。

「……それは、奈槻が本家を飛び出したせいだ。祥風堂の幹部連中の腹立ちは相当のものだったろう。分家の男に惚れて、駆け落ちしたんだからな」

「その挙げ句に、友人だったあなたに殺された」

口にすれば、心ばかりでなく身体も冷えていく。

それでも、嘉槻は言葉にしないでいられない。

「どうして、両親と契約をしなかったの」

「……友人だからだ」

青柳の手が嘉槻のあご先をなぞり、反対の頬へ行き着く。手の甲で触れられると、嘉槻は目を閉じたくなる。

青柳の手にかかって息絶える両親の夢は、何度となく繰り返された。

けれど、本当のところは記憶にない。思い出そうとしても、そこだけ抜け落ちているのだ。

「友人と契約を交わすなんて、おかしな話だろう。そんな約束をしなくても、俺は彼らを食らったりしない」

「……鬼に、友情なんて理解できるんですか?」

信じられないと言いたげに言葉を返し、青柳を押しのける。煙管を手に取ってくちびるへ運ぶと、寸前で抜き取られた。

「友情も愛情も理解するものじゃない。感じるものだ」

「煙草ぐらい……」

奪い取られて奪い返し、また奪われる。

「身体に悪い」

「また子ども扱い……っ。僕は、あなたの友人の子なんであって、あなたの子じゃないんです よ！」

白い頬を丸く膨らませた嘉槻は、文献を縁側に置いた。両手を伸ばして、遠ざけられた煙管を取ろうと試みる。

「当然だ、嘉槻。きみをそんなふうに思ったことはない」

青柳は楽しげに笑いながら、嘉槻の腰に手を回した。くちびるがこめかみに触れて、小さな音が響く。

「んっ……」

びくっと身体が跳ね、嘉槻は細い肩をすくめた。睨み返そうと振り向いたが、近づいてくるくちびるに勝てない。抵抗を忘れてくちづけを受けるだけだ。

「……ぁ」

肉厚な青柳のくちびるがゆっくりと押しつけられ、丁寧に吸われていく。恥ずかしいほどにじれったいが、押しのけるために触れた胸板の厚さにもおののいてしまう。

戸惑いが溢れ、腕の中に抱きこまれる。

「嘉槻……」

　名前を呼ばれて、うっとりと青柳を見た。その直後、我に返る。

「僕に、なにをしたんです」

「くちづけだ」

　下のくちびるを食み、上のくちびるを吸い、情欲を滲ませた青柳が息をつく。嘉槻は喘ぐようにしながら首を左右に振った。

「嘘だ……」

「どうして?」

　優しさを装った問いかけには黙るしかない。

　くちびるが触れるたびに、膝の中へ引きずり込まれた嘉槻の下半身は熱くなる。これまでにないほど強烈な欲求が下腹で渦を巻き、腰がむずむずと揺れてきた。

「いままで、こんなこと……」

「くちづけはしてきただろう」

「変な力を使ってるんだ。絶対に、そうだ」

「しないよ、そんなこと。できないと知っているだろう」

「淫呪の、せいだ……」

　喘ぐように責めた嘉槻のうなじを、青柳の大きな手が掴んだ。

「興奮しているのか……」

「違う」

激しくかぶりを振って否定する。しかし、なにひとつ隠せてはいなかった。

「嘉槻。溜まったものは、ちゃんと抜いているんだろうな。方法を知らないのなら……」

「なら？　なに？」

思わず苛立った声を放ち、青柳を睨みつけた。頬が上気して、真っ赤になったのがわかる。

「俺の手で処理してやろう」

「よ、余計なお世話です……っ。あ、あなたが……」

ようやく青柳を押しのけることができ、嘉槻は這い出すようにして縁側を逃げる。

「あなたが淫呪なんてかけるから、こんな身体になってしまって……っ！」

「淫呪ばかりが原因じゃない。人は年中、発情する生きものだ。年頃になった証拠だよ、嘉槻。きみは大人になったんだ」

「な、にを……」

背中を向けて乱れた着物を手早く直す。それは間違いだ。そんなはずはない。

ごく普通の成人男性が、だれかに抱き寄せられ、下半身の、しかも後ろの部分に触れて欲しいと思ったりするだろうか。

嘉槻は肩越しに青柳を見据えた。

「偉そうなことを言わないで。……大嫌いっ！」

昂ぶった感情をぶつけると、青柳が驚いて目を見開いた。子どもじみた嘉槻に対してではなく、言葉そのものに唖然としている。その思いもかけない反応に、嘉槻こそあわてふためく。

けれど、精いっぱいに虚勢を張って、冷静なそぶりですくりと立った。息を止めたまま、廻り縁側を通って勉強部屋へ直行する。

その途中で、文献を忘れてきたたと気づいて立ち止まった。気持ちはすでに後ろ髪を引かれている。文献よりも青柳が気になった嘉槻は、そろりそろりと廊下を戻り、縁側を覗く。

青柳はまだその場に居て、残り短くなった煙草を吸っている。

精悍な美貌の横顔には憂いがあり、嘉槻の胸は締めつけられるように苦しくなった。

そばに戻って、嫌いじゃないと言い直したい気分に揺さぶられる。けれど、訂正したところで意味はない。青柳は驚いただけで、嘉槻の言葉で心を乱したり、傷ついたりはしないはずだ。

そう思うと、不思議なぐらい気持ちが塞ぐ。まるで『嫌い』と言われたような気分だ。

「嘉槻。本が必要なら、持っていけ」

こちらを少しも見ず、文献が縁側の上に押し出される。嘉槻は隠れているつもりでいたが、気づかれないわけがなかった。

振り向かないのは青柳の優しさだ。これ以上こじれることがないように、嘉槻をそっとしておいてくれる。そして、しばらくすれば、甘いものでも食べようと誘われるのだ。

そういう暮らしを、続けてきた。

「……あの、ね」

かけた声に甘えが滲み、振り向いて欲しいだけの嘉槻は戸惑う。

親の仇かも知れない『鬼』に対して、どんな期待をしているのか。自分の心が見えなくなって、次の言葉も選べない。

ただ立ち尽くし、まごつきながら青柳の肩を見つめる。

そこへ、とたとたとたーっと軽やかな音が迫ってきた。

「嘉槻さま〜！」

「嘉槻さまぁ〜！」

重なるふたつの声が廊下をすべり、二匹の管狐は勢い余って庭へ飛び出しかけた。

影月はひらりと身をかわして縁側へ戻り、雪白は端にぶら下がる。ふわふわの白い尻尾を振って、身軽に飛びあがった。

「お仕事ですよ！」

「お仕事の依頼です！」

互いの尻尾を追いかけてくるくると円を描き、次の瞬間には嘉槻の肩へと走りあがった。機敏すぎて目にも留まらぬ速さだ。爪を立てられることもなく、重さも感じない。

「いわくつきの庭石の封印ですよ！」

「明日のお昼！　あいつらに勘づかれる前に行きましょうね！」

影月と雪白の声はよく似ていて、早口で話されると判別が難しい。

「庭石なんて、たいしたものは憑きませんから」

「ちょい、ちょい、ちょい、でおしまいですよ」

それぞれが左右どちらの肩に乗ったのかさえ不明だから、なおさら話している声の主がわからなくなる。

「その石についているいわくとはなんだ」

煙草を消した青柳に問われ、影月がひらりと飛び降りる。しゅるしゅると駆け寄り、腕を巻くように肩へ登って答えた。

「ある日、置かれていたって言うんですよ」

「身に覚えのない石が現れてから、変な夢を見るようになったそうです」

嘉槻の肩に残った雪白も説明に加わった。

「つまりは、得体が知れないということだな」

青柳の声はもの憂げだ。

「そうなりますね」

「そうです」

影月と雪白が続けて言う。

「そんないわく付きはだめだ。やめておけ」

立てた膝に片腕を伸ばした青柳は真剣な表情をしていた。見惚れそうになった嘉槻はぎゅっとまぶたを閉じる。気を取り直して口を開いた。

「せっかくの依頼なのに。僕はまだ、選り好みができる立場じゃないんですよ。これまでの案件だって、あなたが探してきたくれたものがほとんどだし……」

「不満か」

「そうは言いません。けど……」

「心の中では思ってるんだろう。仕事は取ってこれるようになってきたし、数をこなせばいいわけじゃない。……選り好みはするべきだ。きみが相手にするのは狐狸や妖魔の類いだから、少しでも判断を誤れば、大怪我に繋がる」

「わかっています。そんなことは……」

もう何十回と言われてきたことだ。それでも、嘉槻は思いのほか、うまく案件を処理してきた。迷いはほとんど感じることがなく、術を使ったあとの体力気力の低下もない。自分の実力の内で行えている証拠だ。

それも、青柳の探す案件が嘉槻の段階に合っているからで、そう思えばこそ、持ち込まれた今回の案件が目新しく映る。

「……いちいち、気づかってくれなくてもかまいません。どうせ、自分の獲物だと思うからでしょう。そういうのは、気が悪いんです」

「一人前にひねくれてるな」

余裕のある態度で受け流され、嘉槻は腹を立てた。

「あなたに言われたくありません！　鬼のくせに、まったく鬼らしくない！」

「これが高等鬼種の証しだ。それに……、俺が鬼らしくしたら、くちづけだけでは済まなくなるんだぞ。手を出して欲しいなら、そう言え」

いつになく攻撃的な青柳が目を伏せた。

そのまま振り向いてくると察し、嘉槻は顔を背けて視線を避ける。青柳に睨まれるのは苦手だ。

「まったくの初心(うぶ)だな、嘉槻」

からかいが飛んできて、横顔をくすぐるようにかすめていく。

青柳にとっては、嘉槻の焦りもたわいもないことなのだろう。友人の忘れ形見を独り立ちさせると言いながら、ゆっくりと時間を稼ぎ、手のひらで遊ばせているに過ぎない。

それこそ、永遠の命を持つ男の戯れのように思えてくる。

「僕は、本気なんですから」

身体の脇で拳を握り、嘉槻はくちびるを噛む。

大人のそぶりはまるでできなかった。侮(あなど)られていることは、怒りよりも悲しみに近い感情を煽る。だが、それにさえ落ち込んでしまう自分がよくわからない。

「おやめください、おやめください」

声を発した雪白が嘉槻の肩からすべり落ちていく。

「そんな意地の悪いことを言って」

「嫌われてしまいますよ～」

影月のなにげないひと言に青柳の眉根が曇る。

大嫌いと口走ったばかりの嘉槻は息を飲んだ。

「嫌いか？」

ふと問いかけられ、肩がびくりと揺れる。

「さぁ……、知りません」

うつむいて答え、薄青の裾をいたずらにひらめかせた。遅咲きの忍冬(すいかずら)の甘い香りが風に乗って届き、庭へ視線を投げた嘉槻はかすかな吐息をついた。

まばたくたびにまつげが震えるように動き、透き通るように白い肌が紅を刷(は)いたように色づいていく。

その瞬間、嘉槻は自分だけの世界に入った。

心がふわふわと身を離れて遊び、花咲き乱れる庭木を漂う。

縁側に座る青柳はなにも言わない。花や緑の気配に心を移して情感を委(ゆだ)ねるのが、嘉槻の気分直しだと知っている。山で暮らしていた頃からの癖だ。しばらくすれば心が落ち着きを取り戻す。

小さな管狐たちは争うように青柳の膝に乗り、身体を重ね合って嘉槻を見上げた。

＊＊＊

最寄り駅からみっつ山側へ行き、二十分ほど歩いた場所にある古い屋敷が目的地だ。依頼主は五十代ぐらいの太った男で、髪に白いものが混じっている。

ひとりで訪れた嘉槻を見るなり、のけぞるほどに驚いていたが、不躾な視線を何往復もさせたあとでなにごともなかったかのように案内された。

「いつもは祥風堂さんへお願いするんですがね。そっちは掛け軸の封印なんですよ。昔からのことですから、もうずっと、なにも起こらなくて……。そろそろ頼まなくてもいいんじゃないかと思うこともあるんですけどね」

額に汗を浮かべながら早口にまくしたてる。

憑きものや怪異に対して半信半疑なのは当然のことだ。信じきっているほうが始末に負えないこともある。だからと言って、簡単にはうなずけない。

黒い背広の襟をなぞりながら、嘉槻は丁寧に答えた。

「お気持ちはわかりますが、手放すおつもりでないのなら、続けてください。危険ですから」

「まぁ、あなた方はそう言いますよね。脅されると、こちらも恐ろしいですから、続けてはいきますが……」

親の代よりも古くから続けているのなら、先祖に対する恨みが晴らされずに残っている可能性がある。封印が消えた瞬間はなにごとも起こらないが、じわじわと不幸が続き、一族郎党すべてが命を取られてしまう話はいくつも聞いている。

抹消を必要とする対象と決まれば退魔師の出番となるが、やはりいくらかは犠牲者が出てからの話だ。途中で封印師を呼ばなくなる場合、意地でも原因だと思いたくない深層心理が働き、術師を家に入れなくなることが多い。だから、よっぽど奉仕精神に優れた術師でない限り、憑かれた家の面倒を見ることはなかった。

「あぁ、あの石ですよ」

先を歩いていた依頼主が足を止めた。山を借景にした日本庭園はこぢんまりとして趣味がよく、庭木もよく計算されて植えられている。だからこそ、大人が抱えるのも大変そうな石が、本来あるべきものでないことはすぐにわかった。

「一週間前ぐらいかな。よくわからないんですけど、嫌な夢を見るようになって。気がついたら、あの石が置かれていて……。たぶん、あれが原因なんですよね。わかんないですけど」

依頼主はうんざりしたように肩を落とした。

「あなた方ならわかりますよね？　祥風堂さんに頼んでも良かったんですけど……。まぁ、まずはね」

こころないひと言だったが、封印師を頼むにも金がかかる。駆け出し術師への礼金は、祥風堂よりもぐっとお手頃だ。

「気持ち悪いから、近づきたくもないんで、あとはお願いします。……あぁ、そうだ」

離れていこうとしていた依頼主が振り向く。

晴天の暑さに辟易(へきえき)した顔で、汗を拭いながら言った。

「今夜も悪夢を見たら、金は払いませんから」

「え？」

「だって、そうでしょう。老舗の祥風堂さんと違って、あなたのところには何の実績もないんだから。うまく行けば、これからもお付き合いしますよ。……終わったら、適当に帰ってください」

「……あの」

手付金ぐらいはもらおうとしたが、相手は聞こえないふりで歩き出し、あっという間に屋敷の中へ入ってしまう。

「これは……」

嘉槻はくちごもった。うまく行っても払ってもらえない案件かも知れない。

いわくの有る無しが問題ではなかったとため息をつきながら、嘉槻は迷った。

どうせ支払いのない案件なら、このままなにもせずに帰ってもかまわない。しかし、悪い評判が立つのは困る。

背広の襟を正し、ぐるりとあたりを眺める。どこかに潜んでいる青柳を見つけようと思ったが、いつも通り、気配さえ悟らせない。

「嫌だな」

こんな案件を受けてしまい、また子ども扱いされるのかと思うと、気が滅入る。

せめて仕事だけは果たして、経験値の足しにしようと覚悟を決めた。

礼金を逃したそしりは甘んじて受ける。金の取り立てだけなら、青柳がやってくれるだろう。頼むのは癪だが、金は必要だ。

適材適所だとうそぶいて、嘉槻は歩を進めた。

屋敷周辺の空気は淀んでいない。しかし、芝の美しい庭に入った瞬間、線を引いたように場の雰囲気が変わる。

ハッと息を飲み、嘉槻はあとずさった。身体が線をまたぎ、あちら側とこちら側が混じる。

そこにあるだけに見えた石の輪郭が溶け、青白く禍々しい色が揺らめき立ちのぼった。

嘉槻はすぐに背広のボタンをはずし、内側へ手をすべらせた。用意してある札のどれを使うべきか、迷う。

石が放っている禍々しさは、ひと目で鬼のものだとわかった。しかし、こんなところで会うものではない。鬼自体がものに取り憑くことはないのだ。

事情が理解できないまま、一番強い札を指に挟んで引き抜く。

術を使うには、紙に呪図を描いた『呪符』の上へ、宙に描いた別の呪図を重ねる必要がある。その組み合わせによって内容や強度に違いがあり、術師の実力によっては、不完全に終わったり、発動しないこともあった。

嘉槻は緊張した。

修行では何度も成功させたが、実際の封印儀式ではこれほど強い札を使ったことがない。それに、これは封印を強化するのとは違う。

相手はまだ一度も封印されていないものだ。嘉槻が放つ札に対して、どんな反応をするかも想像できなかった。

身体がじりじりと引っ張られ、見えない線の内側へ引き込まれる。石から立ちのぼる禍々しさの色が濃くなり、空気がそこだけ渦を巻き始めた。

嘉槻は意を決して札を掲げ、宙に封印の呪図を描く。術師にだけ目視できる赤い線が発光したが、ふいに衝撃を受けて立ちくらんだ。

足の付け根が燃えるように熱い。

「……くっ」

身体がふたたび引っ張られ、石のほうへじりじりと動いていく。

嘉槻にかけられた淫呪が、石へ宿った鬼の気配を煽っているのだ。

「あぁ……っ」

肌を撫でられる感触が衣服の内側に走り、思わず声が漏れる。心は嫌悪しているのに、溢れたのは甘だるい喘ぎだ。

絶望感に襲われたのとほぼ同時に、背中から回った手に腰を引き戻された。

「奥歯を噛みしめろ」

青柳の声が耳元で聞こえ、腰がしっかりと抱かれる。嘉槻は言われるままに奥歯を噛みしめた。息のひとつも不用意に漏らさないようにして、青柳の腕を強く掴む。

指に挟んでいた札が宙を舞い、重なるように青白い呪図がぶつかっていく。

それを描いたのは青柳だ。

ピシッと空気が切り裂かれ、晴天に雷鳴が轟く。

次の瞬間、ドンッと地響きがして雷が落ちた。

石がふたつに割れて、禍々しい空気が霧散する。

自作の札を青柳に使用された嘉槻は、気力をごっそりと削り取られた。身体がガタガタと震え、意識が遠のく。

「なにも考えるな。俺を信じていろ」

軽々と抱きあげられたかと思うと、青柳が地面を蹴って跳躍した。

青空が目の前に迫り、嘉槻は奥歯の噛みしめをほどく。喘ぎは生ぬるく青柳の腕に降りかかり、抱かれた身体は熱を帯びて火照っていく。

「……あっ」

甘い声が喉から漏れて、身体がいっそう熱くなる。

どうしてそんなことになるのか、嘉槻にはまるでわからない。

ただ身体の奥が疼き、自慰をしているときのような感覚が湧き起こってくる。そして、息をするのも苦しいほどに辛かった。

浅い息を吸い込むたびに喉が熱く、吐き出しても楽にはならない。高熱に浮かされたような喘ぎは、まるで自分のものではないように聞こえてくる。

嘉槻のまわりには闇が広がり、ふわふわと揺らぐ蛍の光が見えた。

一組だけ布団の敷かれた和室には、蚊帳が吊ってある。蛍はその向こうを飛んでいた。

ゆっくりと意識を取り戻し、嘉槻はあたりに視線を配る。闇に目が慣れると、そこが雑木林に囲まれた青柳との住み処だとわかった。

月明かりが差し込み、遠く虫の音が聞こえてくる。

目を閉じて、息を整えようと試みた。大きく息を吸い込み、胸を膨らませる。

嘉槻の腰あたりにはやわらかな木綿の浴衣がかかっていたが、あとはなにも身につけていない。気づいて起きあがり、袖に腕を通した。立ちあがることに苦はなかったが、なにをしても息が乱れる。帯も見当たらず、やわらかな浴衣の前を交差させて押さえ、布団の上に膝をついた。

油断すると乱れてしまう息を懸命に整える。

全身が火照っていて苦しい。高熱があるのではないかと自分の額に手を当ててみた。肌はひんやりと冷たいほどで、熱はない。

なにが起こったのか。ぼんやりとしながら記憶を引き戻す。

蚊帳を吊った和室を取り囲む障子は開いていた。蚊帳越しに眺める庭は、月明かりを浴びて静かだ。

本当に夜だろうかと、怪しんでしまう。

ここは青柳の張った結界の中だから、その気になれば天候も時間も変えられる。

背中を支えた青柳の逞しさが、ふいに思い起こされた。記憶は紙芝居のようによみがえり、一枚ずつ絵が切り替わる。

ことの起こりは、庭に置かれた石だ。

青白い禍々しさが脳裏をよぎり、嘉槻は小さく叫んだ。浴衣の胸元を鷲掴みにする。心臓が恐ろしいほどはっきりと跳ね、すぐに動悸が激しくなった。

「……はっ……ぁ」

こらえようとすると息が詰まる。肌の内側を這うのは、やわらかな痺れだ。ごくりと息を飲み込んで、嘉槻は背筋を伸ばした。

腰裏から背中、そして肩甲骨にかけて、痺れは熱く広がっていく。

それが欲情のたぎりだと気づきながら、嘉槻は不審感も覚えた。

あの石だ。あの石の気配を、どこかで感じたことがある。

考えると動悸が激しくなり、息も浅く乱れた。嘉槻は片手を浴衣の合わせへとすべらせ、自分の肌に触れる。

「起きたのか。調子は……よくなさそうだな」

蚊帳の裾を持ちあげて中へ入ってきた青柳が膝をつく。寝間着代わりの浴衣姿だ。髪が濡れているのが、月明かりの中でもわかる。

「身体を検めたい」

布団の端に片膝をついた青柳に言われ、嘉槻はとっさに身をよじった。逃げようとしたがままならず、裾を掴まれていっそう身動きが取れない。

「や、だ……」

引き剥がされる浴衣を必死に引っ張り、火照りに反応している下半身を隠す。

「青柳……いや、だ……」

「検めるだけだ。嘉槻、そんなに……」

揉み合いになり、嘉槻の両肩から浴衣がずり落ちる。青柳の手は迷いなく、膝を掴んだ。なにを検めようとしているのかは明白だ。

　嘉槻の内太ももには、淫呪の証しがある。

「……あっ」

　浴衣を掻き集めて下半身を隠したが、嘉槻の膝は強い力に割り開かれた。その姿がいっそう淫らだとは気づかず、羞恥に歪んだ顔を背ける。

「鬼の気に触れたせいだな。苦しいだろう」

「べつ、に……」

　首を左右に振って否定したが、内ももに浮かんだ淫紋は確かに疼いている。嘉槻は見るのがこわかった。刺すように熱を帯びたそれが、正常な肌に伸びていく感覚がしているからだ。

「嘉槻、淫紋が広がっているんだ。……このままだと、淫呪は暴走する」

「自分で、処理します」

「……暴走したら、どうする。……いいから、もう黙っていろ」

「嫌です。だって……」

「俺に触れられるのが、それほど嫌か」

浴衣の裾を踏んだ青柳はじっくりと間合いを詰めてくる。不用意に触れることなく、嘉槻の額にくちびるを押しつけた。

「素直じゃなくていい。これは夢だと思って転がっていろ」

首筋を両手に支えられ、青柳の体重がかかる。厚い胸板に迫られた嘉槻は、くちづけを受けながら仰向けに倒れた。

「……んっ」

指先やくちびるが触れただけで、背筋が反り返りそうになるほど気持ちがいい。自分で触れるのとはまるで違う感覚に驚きながら、繰り返しのくちづけに応えていく。

このまま、指でいじられて達するぐらいのことであれば、夢と思ってやり過ごせる気がした。

「……っ、は……んっ」

肉厚なくちびるの感触に続いて、濡れた舌が這う。初めはくちびるをたどり、やがて少しずつ内側へ入ってくる。唾液のぬめりは生温かく、濡れた肉片は身体がすくむほどに淫靡だ。

「あっ……」

くちびるへ舌を差し込まれることがこわくなって首を振ると、青柳の手であごを掴まれる。押さえる力はそれほど強くない。ぼんやりとした目で相手を見つめ、嘉槻は震えながら息を吐き出した。

滲んだ涙が、まつげを湿らせる。

「痛いことは、なにもしない」

「……嘘だ」

「うたぐり深いな、きみは」

　ふっと笑った息づかいが嘉槻のくちびるをかすめ、もう一度、深いくちづけが始まる。青柳のくちびるが上下の肉を覆って吸いつき、もぐもぐと咀嚼するように動く。

「ん、んっ……」

　嘉槻は驚いた。とっさに青柳の腕を叩き、顔を背ける。

　しかし、右へ逃げれば右からくちづけされ、左に逃げれば左からくちづけをされる。上くちびるを吸われ、下くちびるを食まれ、呼吸を継ぐことすらできない。嘉槻は両手で青柳の腕を掴んだ。浴衣の袖に隠れていても、逞しさは伝わってくる。

　逃げられるはずがないと思い知ったとき、身体の奥がひそかに疼いた。

　ずっと、そうだった。逃げようと思えば逃げられると信じてきたのは、肝心なところへ差し掛かる前に青柳が手加減をしたからだ。

　くちづけしかしないと言った約束は守られ続けた。初め、青柳のくちづけは淡白だった。二十歳を過ぎて少し濃厚になったが、四年かけてもまだ舌を絡めたことはない。

　けれど、いま初めて、舌が深く差し込まれた。

「んっ……」

ぬめった肉片が嘉槻の舌のふちに触れる。すると、身体に痺れが走る。内側からの衝動に苛まれ、嘉槻は顔を歪める。むずがゆいようないたたまれなさが襲ってきて、いっそう青柳の腕を強く掴む。

そうしたところで、快感から逃れられるわけではない。

ゆっくりとうごめく青柳の舌に煽られ、嘉槻の身体は大人の反応を見せ始めている。下半身に熱が集まり、芽生えが首をもたげていた。

気づかれたくなかったが隠すこともできない。飲み込めない唾液をくちびるの端から溢れさせ、嘉槻はただ身を固くして戸惑った。奥歯を噛んで耐えたかったが、青柳の舌を迎え入れたままではできない。

「……はっ、ぅ……」

せめてと目を閉じて、あごを反らした。青柳の舌が去り、ようやく奥歯が噛み合う。

「んん……っ」

腰にギュッと力を入れて、必死に快感をやり過ごす。痴態をさらすまいとして両腕を顔の上で交差させると、両肌(もろはだ)をさらして乱れた浴衣が視界を覆う。

深呼吸をしたところで収まるはずのない欲だった。

それどころか、身体の内側からどんどん衝動が湧いてくる。腰がおのずとよじれ、くちびるを閉じている分だけ鼻息が荒くなった。

自分の身体が結合を求めて欲情している事実は受け入れがたく、嘉槻は目が回りそうに混乱する。自慰をしてなだめる衝動とはまるで違い、他人の指や肌に触れたくて、触って欲しくて、頭の中がぼんやりと取り留めなく乱れる。

そのとき、膝のあいだにある青柳の腰が動いた。

浴衣の裾で隠した嘉槻の象徴が、布越しに軽く撫でられる。

「んっ！」

反応は過敏だった。腰がビクンと跳ねてしまう。

「淫呪のせいだろう、嘉槻。きみが求めているわけじゃない。そんなことは、百も承知だ」

青柳の声と共に、下腹部がいっそう押しつけられる。ゆっくりと円を描くようないやらしさに追い込まれ、嘉槻は背を反らして伸びあがった。

「やめ……」

細い声で拒み、身体をよじる。裾はいっそう乱れたが、腰はまだ隠されている。しかし、青柳の手は布地の下へ忍んだ。

生まれて初めて人肌に触れられ、嘉槻は恐慌状態に陥った。

足をばたつかせ、むやみやたらに青柳を蹴る。逃げたところで、淫呪によって溢れた欲情を自分では処理できない。そうわかっていても布団の上を逃げる。

青柳の手が、嘉槻の華奢な足を掴んだ。もう片方の手は腰の中心を掴み、おぼこい半身を包んだ皮が引き下げられる。

「青柳ッ！　青柳、青柳……っ！」

嘉槻は声を張りあげた。そうしていなければ、羞恥に苛まれた心がバラバラに砕け散ってしまう。

浴衣の裾はもう腰を覆っていない。青柳の手で剥き出しにされた性器は、優しい手筒の動きで大きく育てられる。

「あぁッ……」

引きつった声を漏らし、嘉槻は身をひねった体勢で腕へ顔を伏せた。羞恥と恐怖に勝る快感が、下半身を覆い尽くす。

「ん、ん……」

しごかれるたびに声が溢れ、青柳の肌の感触に翻弄される。

嘉槻はぎゅっと目を閉じた。手でされることは我慢しようと決意して、腕に絡んだ浴衣を噛む。不思議と、布地がくちびるに触れるだけでも気持ちがいい。

「……あ、あっ……ん……」

声が抑えきれず、リズミカルな動きに息が乱される。自分の喘ぐ声が頭の中に反響して、少しずつ現実味が薄れていく。

しかし、理性だけは手放したくなかった。

自分でしているのと変わらない。これはただの処置だ。

そう心へ繰り返して、しくしくと痛むような内ももの淫紋に意識を向ける。

ほかに特別なことはない。青柳は、ただ、暴走しようとしている呪いをなだめているだけだ。

この性的な行為は、情交になり得ない。

脳裏へ並べたてる言葉は諸刃の剣だった。

理性的にいられる代わりに、嘉槻の心は刻まれていく。それがなぜかと問う前に、下半身に違和感が走る。

「あぁ……っ」

急に濡れた感触がして、嘉槻はあわてて身を起こす。

「あ、ぁ……」

言葉にならない声が乱れる。

闇の中で青柳が額ずいていた。そのくちびるに包まれているのは隆々と勃起した嘉槻の半身だ。愛撫の快楽が伝わってくるから、間違いない。けれど、信じられなかった。

「や……っ、あ……あ、しない、で……」

青柳の頭部を押しのけようと伸ばした手が、指に絡みつかれてしまう。くちびるはぬるぬると動き、舌が変わった生き物のように動き回る。舐めしゃぶられ、嘉槻はたまらずに青柳の手を握り返した。

「あ、ぁ……、いやだ……、や……」

吸われると腰が跳ね、目眩のような快感に襲われる。出したくてたまらなくなり、嘉槻は恥も外聞もなく息を弾ませた。

「も……、はなし、て……。出る、出る……」

「それを待ってるんだよ」

ゆっくりと見せられた顔に、嘉槻の心は激しく痛んだ。

逞しさのある表情は、嘉槻のものを舐めていても凛々しいままだ。変わらない。それどころか、淫靡に美しく、欲情を掻き乱される。

嘉槻は目眩を覚え、くらくらしながら奥歯を噛みしめる。

自分の中から溢れてくる正体不明の感覚に流されたくなかった。

親の仇かも知れないと思っていても、この男が鬼でなければ、と願う心が痛む。両親を失い、所属していた組織からも見放され、絶望に突き落とされた嘉槻を支えたのは、青柳のそっけない厳しさだった。

初めはただ恐ろしいだけの存在で、やがて笑顔が見られるようになり、厳しさの中にあるものが友情から来る責任感だと知らされた。青柳は両親の友人だ。その忘れ形見だから、六年間をかけて、嘉槻はだれにも劣らぬように育てられた。

厳しい修行の中で、褒められると嬉しくて、叱られると悲しくて、わがままを聞いてもらえ

たときは胸が熱かった。

「あ、あぁ……青柳……青柳……」

快感が募り、嘉槻の瞳から涙が溢れる。性の悦びは否応もなく増していき、仰向きで倒れ、大きく開かれた足を恥ずかしいと思う余裕も失う。

絡めた指がせつなく嘉槻を縛り、快楽から逃れることを許さない。

「……もう……あ、あっ、あ……っ」

根元から先端までをくちびるの環が動き、追って手筒が小刻みに上下する。嘉槻は身を揉み、かすかに腰を前後に動かして、促されるままに精を放った。

生まれて初めて、他人に導かれた射精だ。精液はすすり取られ、気づいたときには嚥下されている。

嘉槻の心はまた痛み、せつなく歪んで掻きむしられた。これが青柳の栄養分だと知っているから。行為は虚しい。

「……いい味だ」

低く情感の深い声がして、抱き寄せられる。繋いだ手はほどけず、まるで複雑に絡んだ糸のようだ。

「これで落ち着いただろう。淫紋も静まった」

言われてみれば、しくしくとした違和感が消えている。

青柳の胸に耳を押し当てた嘉槻は、消え入りそうな呼吸を続けた。鬼にも心臓があり、それは人間と変わらずに動いている。鼓動を追いながら、嘉槻は目を伏せる。

ひとつの衝動が、空虚な胸の内に溢れて抑えられなくなってしまう。

どうせ栄養分の獲物なら、いっそすべてを、青柳に奪われてみたい……。

いつかだれかと縁づいたとしても、嘉槻は男だから女と添う。ならば男相手は青柳がいい。男と交わる必要はない人生もあることが、いまの嘉槻には想像できない。精を搾られた虚脱感の中で起きあがり、心細く青柳の浴衣にしがみつく。

「まだ、収まらない……」

かすれた小さな声が、吊り下げられた蚊帳の中で掻き消える。青柳が身を離そうとして、肩に両手を置いてくる。嘉槻は顔を見られないように、うつむいて繰り返した。

「身体が苦しいから……このまま……して欲しい」

「じゃあ、もう一度」

応える青柳の声は穏やかな響きだ。下半身へ手を伸ばされた嘉槻はあごを引く。

「僕じゃない……」

そう口にできても、青柳がしたように手を返すことは無理だ。思い余って顔を上げ、日毎に見つめ続けてきた精悍な顔立ちへ視線をすがらせる。

「なにもしないのは、僕に魅力がないから……？」

「いまさらなことを言うんだな」

あきれ顔に笑みが混じり、青柳の指が嘉槻の頬を撫でる。

「俺に抱かれたくなったか」

「……たぶん」

両方の瞳をせわしなく交互に見つめ、嘉槻はどう切り出せばいいのかと惑う。男を誘う言葉など知るはずもなかった。

「抱かれたら、熱が収まるんだな？」

膝立ちになっている青柳にひっそりと寄り添い、嘉槻は一度だけうなずいた。

「嘉槻。きみの感じている欲望は、淫呪によるものだ」

わがままな子どもをあやす仕草で、青柳の腕が背中へ回る。

「……どんなに乱れても、それはきみのせいじゃない」

魔法のような言葉だ。そして、ふたりを繋ぐ言い訳だ。

青柳の手に促され、細い腕を首筋へと巻きつける。

嘉槻は首を傾け、長いまつげを伏せる。待つ間もなく、くちづけが触れて、身体の内側に喜びがほとばしった。

伸びあがって自分からもくちびるを押しあてる。ぬるりと忍んでくる舌に一瞬は怯（おび）えたが、やがて心開いて受け入れた。

いまを逃せば、淫呪を理由にしても交われない気がして、機会を逃したくない。

「したら……、青柳の腹は満ちるんでしょう……」

嘉槻は消え入りそうな声で言った。

青柳のくちびるが頬からあご先、そしてかすかに上下する喉元へと移動していく。

「俺のことなんて気にしなくていい」

声が肌の上を転がり、嘉槻は淡い快感に身をすくめる。

「嘉槻を愛撫しているだけでも腹は満ちる。……魅力的だよ、きみは」

「それは、あなたの獲物だから」

「獲物じゃない」

間髪入れずに言われ、沈んだ青柳に脇腹を掴まれる。くすぐったさに身を引いたのと同時に胸に吸いつかれた。

「あ……」

「初心なつぼみだな。まだこんなに小さい」

女とは比べものにならないほど平らな胸に、青柳の手のひらが貼りつく。つぼみと表現された乳首を指先がかすめ、吸われるよりも敏感に息があがった。

「……ん」

「素質がありそうだ」

笑った青柳の息づかいが肌に触れる。指とくちびるでこねられ、これまでただの飾りに過ぎなかった胸の部分がふっくらと立ち、愛撫を受けるための器官に変わっていく。

「あ、あ……っ、なんか……あぁ……」

きゅっと指にひねられ、甘い声が溢れる。握りしめた手をくちびるに押し当てた嘉槻は、片手で青柳に掴まった。

こんなところを舐め吸われ、いじられて、素直に声をあげていいものか悩ましい。それでも、舌にこねられると喉から声が溢れてくる。くすぐったいのに、どこかじれったい感覚だ。

「気持ちいいか？」

尋ねてくる青柳と目が合って、嘉槻は涙ぐむ。素直にうなずいた。

これも快感のひとつだと言われたら、確かに気持ちがいい。キスをされるよりも濃厚で、精を搾られるよりはやわらかい刺激が、絶えず小さな突起を責めてくる。

「嘉槻、いいなら、そう言ってごらん」

「……むり」

羞恥で頬が火照り、首を左右に一度ずつ動かす。

くちびるを噛むと、指先にちょんと押された。

「悪い癖だな。切れたら、あとで痛む」

「……青柳。あなたは、僕が、気持ちいいと教えたら……嬉しいんですか」

「それはもちろん。これからの時間は、嫌と言わずに、よかったときだけ教えてくれ。できるかぎりに優しくするから」

「……なんだか、おかしい」

嘉槻はくすっと笑う。自分よりも低く身を屈めている青柳の肩へ腕を投げ出し、片手で彼のうなじを撫でる。

「あなたは傍若無人なはずの鬼なのに。いつも優しくて……」

「本当に優しければ、こんなふうにきみを抱かない」

腰を引き寄せられて、首の後ろを支えられる。身体がのけぞって傾き、布団の上にふわりと押し倒された。浴衣の袖に腕が通ったままで、身頃は背中の下敷きになる。

青柳のくちびるがふたたび、首筋から鎖骨に流れ、いまはもう固くしこり立った突起をついばむ。嘉槻は熱っぽい息を吐き出し、されるがままに身を任せた。

じわじわと募る快感を口にすることはできないが、立てた片膝をシーツの上にすべらせることで青柳へ伝えようと試みた。

そこには彼がかけた淫呪の証しが刻まれている。複雑な文様が手のひらに覆われ、足が左右に開く。嘉槻は息を飲んであごを反らした。

期待感を悟られないように腕に絡んだ袖を掴んでくちびるに押し当てる。それでも、指を差し込もうとしている青柳から目を逸らすことはできなかった。

「……っ」

軽く開いた尻の割れ目に、唾液で濡れた指が這う。これは淫らな行為だと胸に刻み、嘉槻は浅く息を吐いた。熱い指先の感触が青柳のものだと思うだけで、羞恥と期待と怯えが入り混じって身体が火照る。

「あ、あっ……」

ねじ込まれ、未開の地が圧迫感に襲われた。

「身体の力を抜いていろ。淫呪を受けた身体は、男でも濡れてくる」

「ん、ん……」

こくこくとうなずき、嘉槻は大きく息を吸い込んだ。言われるままに身体の力を抜こうとしたが、初めてのことで上手くいかない。

こんな面倒な身体では最後までいかずに飽きられてしまうと、急に心細くなる。

しかし、指は確実に嘉槻の後ろをこじ開けた。最初こそ固かったが、青柳の指技にほぐされ濡れていく。

ぬるぬると動く指を感じた嘉槻は、また新しい恐れに囚われる。

心は右へ左へと激しく振られ、快感を味わう余裕もなくなった。それでも愛撫された場所は濡れ、青柳を受け入れる準備が整ってしまう。

「嘉槻、本当にいいのか」

精悍な表情をさらに引き締めた青柳が、息を乱しながら問うてくる。尻のあいだには、なにか硬いものがあり、それが彼自身だと理解した瞬間に嘉槻の身体がいっそうの熱を帯びた。

答えられずにいると、青柳も動きを止める。ここに来て、まだ逡巡するそぶりを見せられ、嘉槻は浅く息を吸い込む。

「……青柳は、したくないの」

浴衣の袖を握りしめ、真実を探して相手を見つめる。

答えがあるはずはない。そういうふたりではない。

わかってはいたが、嘉槻には人の性があった。鬼である青柳に対しても、心の在り処を問うてしまう。

「……俺の怯えが、きみにはわからないだろうな」

身体が傾き、切っ先が押し当たる。声はくぐもって聞こえ、嘉槻は聞き逃した。

「あ……」

ぐっと圧がかかり、問い直すこともできずに目を閉じる。

青柳の手で両膝の裏がすくいあげられた。胸に向かって押しつけられると、嘉槻の腰が布団から浮きあがる。位置を合わせた昂ぶりが、ずぶりと沈んだ。

「あぁ……」

嘉槻の声がはかなく震える。昂ぶりの形や大きさを確かめなかったことが悔やまれ、いまからでも手を伸ばしたくなる。

狭い肉を押し分ける太竿(ふとざお)は、あきらかに嘉槻が知る質量ではなく、どうやら先端が丸く張り出している。それが、青柳の腰の動きに従い、嘉槻の肉壁をずりずりとこすって動く。かと思うと、狭い焦点目掛けて押し当たった。

「あ、あっ……あぁ……」

いきなり息もできないほどに突かれ、嘉槻は目を開いたり閉じたりした。責め苦のような動きに翻弄され、いまはもう、羞恥を覚える暇さえない。

「……ん、く……ん……っ。あお、や……ぎ……。……あ、あぁ」

絶え間のない興奮は、やがて淡い快感を呼び込む。初めて体験する苦しさも薄れ、声は甘くとろけて喘ぎにまぎれた。

「嘉槻。苦しいだろう」

深く嘆息をついた青柳が身体を傾け、覆いかぶさってくる。嘉槻は自分の足を片方だけ抱き寄せた。

「……へいき」

答えたくちびるへ、くちづけが落ちる。

「我慢強くて、いい子だ。でも、今夜はそうでなくてもいい」

「本当に、だいじょうぶ……。青柳、まだ本気じゃない?」

初経験の身体に対して遠慮のない責め苦だと感じたのは誤りだ。青柳はこれ以上ないほど嘉槻を気づかい、浅く腰を使っている。

「こうしてるだけで、達してしまいそうだ」

青柳は眩しそうに目を細め、浅く息を吸い込む。呼吸はわずかに乱れ、嘉槻の中に収まったものが脈を打つ。そのたびに少しずつ膨らんで、狭い器官がいっそう広げられていく。

ゆらりと青柳の腰が動き、嘉槻はのけぞった。

はっきりとした快感が下半身を包んで全身へ拡散する。

それを見た青柳が、ふたたび腰を使い始める。今度もやわらかく浅い動きだ。太々としたものは抜けることなく、カリの部分が嘉槻の穴の環にひっかかる。

そこから奥へ貫かれ、また引き抜かれ、息を吸い込むのに合わせて、また貫かれていく。

抜き差しのリズムは緩慢(かんまん)だが、嘉槻の蜜壺(みつつぼ)は淫らに掻き回され、青柳が腰を動かすたびに濡れた音を立てた。

「あ、あっ……あぁ……っ」

いやいやをするように身をよじりながら、嘉槻は『いや』という言葉を口走らないようにした。代わりに口にする言葉は、まだ言えない。

それを察した青柳が、嘉槻の華奢なあご先へ歯を立てた。

「嘉槻、感じているか……？」

白い胸元へ、男の汗がしたたり落ちる。嘉槻は目眩を感じた。

青柳の問いかけが胸に沁み入り、揺れた足先にぎゅうっと力が入る。

「……あ、あっ……あぁっ……いい。青柳、きもちいい……」

両手を差し伸ばして、逞しい首筋に腕を絡める。

「どんなふうに？」

甘くいたずらっぽい青柳の口調に、山で暮らしていた頃を思い出す。修行の最中や食事のあと、嘉槻を多くしゃべらせようとする彼は、決まって細やかな説明を求めた。

それと変わらない要求に、嘉槻は素直に口を開いて答える。

「……中が、こすられて……。なにか、当たってる」

「なにが、当たってるんだ」

わかりきった問いだと、嘉槻は気づけなかった。喘がされながら問われ、降りかかるような声の心地よさに溺れる。

「……青柳の、おちんちん……」

とろりとした表情で放つ幼い淫語を聞き、青柳が固まった。

ぐっとくちびるを引き結んだあとで視線が逸れていく。

しかし、下半身はいっそう太くなった。

「そうだな……。うん……」

取り繕うような浅い息を吐き、青柳は続けた。

「それで……、嘉槻は気持ちがいいんだな？　ここを突かれて」

「ん、ん……っ。きもち、いい……っ」

思わず腰が動いてしまったが、恥ずかしさはない。

もうすでに、まともな思考は途切れている。

「もっと、して欲しいか」

ねっとりと欲深い声に促され、閉じることを忘れたくちびるで息を継ぎながらうなずく。身体中から流れた汗が、青柳の汗と混じっていくのも快感だ。

「して……。して、くださ、ぃ……あぁっ！」

力尽くで貫かれ、目の前で火花が散る。さらにえぐられ、嘉槻は身悶えた。

「あぁっ……いや……」

言わずにいた言葉がくちびるからこぼれ、青柳のくちづけに吸い取られる。

「いや……。そんなに、したら……おかしくなる。……青柳、青柳」

「抜くか？」

そのつもりのない声は、あくどくもなまめかしい。嘉槻は首を振り、腰をよじらせ、身体に含んだ青柳を締めあげた。

「いや……、いや……。抜かないで。抜いたら、やだ……」

こんな状態で中途半端に捨て置かれるかと思うと恐ろしく、嘉槻は両目からハラハラと涙をこぼした。

「あぁ……、嘉槻。……俺がどれほど……どれほど、きみを大事にしてきたか。出会ったときから、ずっと……」

嘉槻の顔のそばに腕を突き、青柳は言葉を途切れさせた。頬がすり寄ってくる。たまらなくなったのは嘉槻だ。顔を動かしてくちびるをすべらせ、舌先で相手のくちびるを舐めた。

頭がぼんやりして、耳へ届く青柳の言葉は、少しも理解できない。ただの音でしかなかった。けれど、胸が熱くなり、涙が溢れてくる。

「青柳……、動いて。もっと、いやらしくして……」

焦点の定まらない目で青柳を覗き、腰をわざと揺らめかせる。

「抱いて……もっと、抱いて欲しい……。あぁ……」

嘉槻の望みに応じた腰つきは、やはり激しくはない。衝動を抑えた卑猥(ひわい)さで、ねっとりと初物の蜜を掻き混ぜる。

与えられる快感に悶えた嘉槻は、泣きながら青柳の身体へすがった。鎖骨にくちびるをすべらせ、やがて募っていく絶頂感に耐えきれず、歯を立てた。

「んっ」

青柳が低く唸(うな)り、ひときわ強く嘉槻を貫いた。

「う、あっ……ぁ……」

逞しい腰で割り広げられた足がビクンと跳ねる。じわりと情欲がたぎっていく。

「あ。あぁ……っ。青柳……っ、なんか、くる……あぁっ」

「味わえばいい」

汗を流しながら腰を揺する男が、嘉槻を抱きしめる。

「大きな声で叫んで、身を委ねて……。きみのためだけの快感だ」

「あ、あっ……ん、んーっ。……あぁっ！」

促されるままに声を振り絞った嘉槻は濁流のような快感に身を任せた。

ふたりのあいだで揉みくちゃになった嘉槻の半身は、だらだらと白濁を漏らして濡れそぼり、そこへ、ずるりと抜けた青柳の太竿が種子を振りまく。肌が熱さを覚えるほど大量の精液だ。

「ん……」

得も言われぬ余韻の中で、嘉槻は四肢を投げ出す。ぐったりと仰向けに転がって、あごを引く。すると、帯を解き、浴衣を脱いだ青柳が、その裾で嘉槻の腹を拭ってくれる。

真剣な眼差しにはほんのわずかな憂いが加わり、嘉槻の心は引きつれた。かすかな不安が広がる。

「汗をかいたな……。風呂をたててこよう」

言うなり蚊帳から出ていこうとする青柳は全裸だ。

浴衣の生地越しに感じていた逞しさを目の当たりにして、嘉槻の胸はさらに寂しさを覚えた。

布団に転がって呼び止めることもできず、息がようやく整ったところだ。

蚊帳越しに見える男の背中は、差し込む月明かりで神秘的に浮かび上がる。

人ならざるもの。だからこそ、青柳は希有(けう)に美しい。

嘉槻は乱れた浴衣を直す気力も湧かず、せめてもと下半身だけを裾で覆った。そして、両腕を顔の上に置く。

今夜、青柳と繋がった。いましがたの現実だ。

じわじわと抱かれた実感が湧いてきて、嘉槻は拳を握りしめる。

生まれて初めて、他人の身体を求め、受け入れ、そして信じられないほど乱れてしまった。

けれど、青柳も同じように乱れていたのだ。嘉槻の後ろの穴に己を差し込み、息を弾ませ、額に汗を流しながら腰を使い、青柳は確かに快感を貪っていた。

その事実が、冷えかけていた胸の奥を熱くたぎらせる。

ずっと、こうしたかった。本当は、呪いなど忘れて、青柳に求められたかった。この六年間、毎日くちづけを受けながら、自慰で性欲を晴らしながら、嘉槻は考えていた。

男の身では女のようには愛されない。ならば、呪いを言い訳にして交わりたい。その先のことは考えられず、ただ欲望の果たされる日を待っていた気もする。

そして、これが呪いの一端なら、嘉槻の心は救われる。彼を愛することは人の道を外れているからだ。

親の仇かも知れず、人ではない存在。

それでも、優しさや逞しさや、穏やかな知性に惹かれずにはいられなかった。

触れたくて、触れて欲しくて、長い間、ずっと彼だけを見てきたことを、嘉槻は静かに受け止める。結界に満ちた静謐な空気に目を閉じて、ようやく解き放った自分の心を受け止め、また少し泣いた。

＊＊＊

夏の青空が広がり、古い町並みは白い陽差しを浴びて情緒的だ。

八月に入り、嘉槻は黙々と仕事をこなしていた。

もう変わった案件に関わりたいなどと身のほど知らずなことは言わず、青柳が取ってきた案件を着実に処理していく。経験値が第一だ。基本に忠実に、手を抜かず、退屈で味気ない思いをしながらも日々を過ごす。山での修行と変わらない。

本当に力がついているのかと不安になることもあるが、どこかで見守っている青柳が手を出してこなければ合格なのだと思い直す。

しかし、祥風堂からのいやがらせだけは、対処のしようがなかった。相変わらず、突然現れては、わがもの顔で仕事を横取りしていく。

今日も、嘉槻は退けられた。申し訳なさそうな顔をした依頼主は、長い付き合いだからと言い訳を繰り返す。

「こういうことは縁ですから」

また仕事が回ってくるかもしれない相手だ。嘉槻は人当たりのいい微笑みを浮かべて、頭を下げた。

そのまま門へ向かおうとすると、ひとりの若い男が現れ、道を塞いだ。

麻の背広を爽やかに着こなし、髪を後ろでひとつに結んでいる。顔の作りもこぎれいで、嘉槻は漠然とした既視感を覚えた。

「ここは彼に譲ろう」

男は若々しく弾みのある声で意外なことを言った。依頼主に従って屋敷へ入ろうとしていた術師たちが足を止める。それぞれが顔を見合わせたが、若い男に進言しようとする者はおらず、そのまま踵(きびす)を返して門を出ていく。

嘉槻が驚きで呆然(ぼうぜん)とすると、男はからりと笑った。

「先日は取りこぼしがそちらへ回ったようで申し訳なかった。庭石の件だよ。あれは、退魔師案件だった」

「いえ、こちらに入った依頼ですから」

「見事な対処だったな。ひとりで看板を出したと聞いていたが、だれかほかに人がいるの？」

「……ひとりです」

「そう。それはすごい。さすが血筋と言うべきか……。あの庭石、確認に行ったときには影も形もなくなってたんだよ。残っていたのは、術の気配だけだった。ねぇ、きみ……、もしかしてぼくのこと、覚えてないのかな」

　男がいたずらっぽく小首を傾げる。まじまじと見つめ返すと、片手を膝に置いて身を屈め、視線の高さを合わせてきた。

　整った顔立ちで鼻筋が通り、眉がきりりと濃い。

「えっと……」

　答えが喉元まで出かかって、嘉槻は小さく唸った。確かに覚えがある。

「子どものときと、顔立ちは変わっていないって言われるけどね。仕方がない。まだ十にもならない頃だったから」

「あ……っ！」

　子どものときと言われて閃いた。

「ヒサくん……っ」

　記憶がよみがえり、面影が重なる。しかし、彼のフルネームまでは思い出せなかった。

「ごめんなさい。顔は思い出せたけど、名前が……」

正直に打ち明けると、相手はからっと笑って背筋を伸ばした。

「鬼束頼久だよ。確かに、ヒサくんって呼んでくれてたよね。懐かしい」

「そうだ。子どもの頃の夏合宿で……」

術師の子どもを集めて行う宿泊研修のことだ。そこで適性を試され、素質のある子どもは修練へ、そうでない子どもは一般の進路を勧められる。

頼久は、祥風堂本家である鬼束家の嫡男だ。

素質は折り紙付きで、能力の高さについても、山を降りてすぐに耳へ入ってきた。けれど、記憶の中の『ヒサくん』だとは考えもしなかった。遠い昔の話だ。いまのいままで、すっかり忘れていた。

「大人になったら、結婚しようって約束しただろう？」

「え？」

突拍子もないことを言われて驚き、嘉槻は形のいい目を大きく見開いた。驚いて固まった頬に頼久の手が伸びてくる。

とっさに身を引くと、背中がなにかにぶつかる。そして、頼久の手は払いのけられた。胸の前に回った腕は青柳のものだ。

「あぁ、いいんです。彼は……」

身をよじって振り向こうとしたが、腕の戒めがきつくて動けない。

「鬼束の嫡男だろう。おまえを見捨てた家の人間だ。口を利くことはない」

青柳の声はいつになく厳しい。頼久の困惑した表情を見れば、睨みつけているのだと想像ができた。

「青柳……、彼は幼馴染(おさななじ)みでもあるんですから」

全身に力を込めて腰をよじらせ、青柳の胸を押し返す。

「それに、僕を見捨てたのは祥風堂の決断です。彼は関係ない。……なんだって、そんなに怒っているんですか」

嘉槻が革靴でつま先立つと、表情を見られまいとした青柳はわざとらしくあごを反らした。

墨色の背広の襟を掴み、嘉槻はなおも背伸びする。

「やめないか、嘉槻。……怒ってなんていないから」

そう言って笑う声はいつもの青柳だ。

「案件は奪われずに済んだのだろう。早く片付けておいで。俺はここで待っているから」

襟を掴んだ手を握られ、そっと引き剥がされる。嘉槻は革靴のかかとを砂利の上に戻してうなずいた。

「そうでした。……頼久さん、お会いできてよかったです」

一礼をして依頼主の屋敷へ足を向ける。

「あぁ、そうだ。ここの案件には注意点が……」

肩越しに青柳を警戒しながら追ってきた頼久は、手早く詳細を話した。語り口は軽妙でわかりやすく、陽気さが好ましい。

「彼は、嘉槻の恋人？」

からっとした口調で問われ、油断していた嘉槻は小さく飛びあがった。

「まさか！　違います」

誤解されないようにあわてて答えたのと同時に体温が急上昇して、手のひらがしっとりと汗をかく。

「槐風堂は、きみだけでやってるんだろう？　あの人、不思議な雰囲気だ」

さすがは祥風堂本家の嫡男だ。ほかの術師たちとは感度が違う。

「野良の術師なのかな。さっきも、まったく足音が聞こえなかった」

「僕の、先生です……」

「あぁ、そうか。きみは苦労したんだったね。うちの術師が仕事を横取りして申し訳ない。上にもかけあって、こんなことがないようにするから。……また、日を改めて会いたいな。ゆっくり話そう」

嫌味なく言った頼久は、飛び退るように離れた。青柳のほうへ向き直り、わざとらしく両手を開いて見せる。

頼久の視線を追った嘉槻は、彼を無視している青柳に対して、軽く手を挙げる。行ってきますの合図代わりだ。背広姿が凛々しい青柳も、すっと手を挙げてくれる。

それだけのことで胸が熱くなり、頬を押さえたい気分がした。

初めて交わった夜から、途切れることなく行為を繰り返している。眠る頃になると寝室に蚊帳が吊られ、決まって青柳が先に入っていた。嘉槻が勉強に夢中になる日は、深夜を過ぎて声がかかる。

もちろん、あからさまに性行為へ誘われるわけではない。「先に眠る」と告げられるだけだ。そうなると、嘉槻の集中力は掻き消える。一度でも抱き合わない夜があったら、この習慣が終わってしまう気がするからだった。

気のない返事をしても、すぐに寝支度を整えて寝室へ向かう。

布団の上に横たわる青柳が眠っていたら、起こしてまでは抱き合えない。そう思うと、廊下を歩く足も速くなる。

蚊帳の裾を持ちあげて素早く中へ入り、振り向く瞬間には胸が軋んだ。愉しんではいけない関係だと思う気持ちが心の隅にある。

青柳は鬼だと自己に言い聞かせた。ふたりを繋いでいるのは淫呪だ。いつかは嘉槻の身体が耐えきれなくなる。

精力気力を吸われても吸われなくても、心身の均衡は崩れていくのだ。

青柳と頼久に背を向けて、嘉槻は屋敷を玄関から訪ねた。奥から人が出てくる前に、外のふたりを確かめる。頼久はすでに門を出ていくところだった。

青柳は陽差しの中に立ち、戸から顔を出した嘉槻に気づくとうなずいてくれる。その仕草の凛々しさに、胸が小さく疼いた。ときめきだと気づくたび、せつなさが広がっていたたまれなくなる。

それでも、裏腹に幸福だ。

かりそめの関係だとわかっていてさえ、嘉槻の心は満たされる。花がほころぶような微笑みを返し、屋敷の人間から声をかけられる頃には真剣な表情に戻った。

＊＊＊

久しぶりの雨は一日中降りやまず、嘉槻が夜中に目を覚ましたときにもまだ降っていた。ひた、ひた、と軒(のき)から落ちるしずくの音をしばらく聞き、半覚醒のままで隣の布団を見る。

そこに横たわっているはずの青柳の姿はなく、掛け布団が乱雑に置かれているだけだった。

起きあがった嘉槻は、浴衣の乱れを直しながら座り、水差しからグラスへ水を移した。

生ぬるい水で喉を潤し、眠る前の行為を思い出す。

身体はかっと熱くなり、腰あたりがむずむずとざわついた。

回数が重なれば飽きが来るのではないかと思ったが、嘉槻を愛撫する青柳の手は執拗(しつよう)さを増すばかりだ。彼に触れられると、淫呪がにわかに燃え立つ。そしてなによりも、呪いさえ言い訳にして耽溺(たんでき)する自分自身がいる。

長いまつげを伏せて、濡れたくちびるを手の甲で拭う。華奢な腕には、すがりついたときの逞しい背中の感触が残っていた。

嘉槻は蚊帳を出て、縁側を覗く。酒でも飲んでいるのかと思ったが、姿はない。居間の座敷に面した縁側も無人だ。

夜は静けさの中にあり、雨はゆるく降り続けている。

青柳がどこかへ消えてしまうことはたびたびあった。昼でも夜でもいなくなり、行き先は教えてもらえない。

台所の前を通り過ぎようとすると、わずかに開いた戸のあいだから子どもの声が聞こえた。

嘉槻は足を止めて、壁に貼りつく。隠れながら耳をそばだたせた。

暗い台所の中にいるのは、管狐の雪白と影月だ。珍しく管から出され、食卓の陰に隠れながら、台所の床に座っていた。並んでこちらに背を向けていたが、やや斜めに向かい合っているので手元が見える。

部屋の明かりはついていないが、彼らのそばにはガクの開いたほおずきが置かれ、橙色(だいだいいろ)の実がぼんやりと発光していた。

小さな毛むくじゃらの手が抱えているのは盃(さかずき)だ。そばには一升瓶(いっしょうびん)が置かれていた。

管狐が尻尾までピンと伸びたのと同じぐらいの背の高さだが、ふたりにかかれば一升瓶の酌も簡単だ。月夜の晩に宴を開くときなどは、一升瓶の首と底をそれぞれの肩に乗せて、器用に傾ける。

「あの石は、やっぱり……」

雪白がつぶやく。雨音に耳を傾けながら一杯やっていた影月が機敏に振り向き、シッとたしなめる。

雪白はあたふたとしながら盃の酒を飲み、影月の焦げ茶色の細い尻尾がタンタンッと雪白の身体を叩いた。

「確認する暇もなかった。すぐに、別の場所へ持って行かれちゃってさ」

「そうだね」

「でも、主さまの力があれば嘉槻さまは安全安泰」

雪白が身体を左右に揺らし、小さく割ったせんべいをかじった。

バリバリと音が響き、隣の影月は何度もうなずいている。

「そうよ、そうよ。なにせ、名前持ちだ」

「うんうん、その通り」

「しかし、あれよ。主さまにしては、ずいぶんと淡白な……」

「そりゃあ、嘉槻さまはネンネだから」

「そこがいいと思っておいでよな。待ちに待ちかねたものだから」

影月がしみじみと言い、今度は雪白がうなずく。

「嘉槻さまほど器量のよい術師も珍しい。あの奈槻さまと寿和さまの子だ。よいところだけをお引き継ぎになった」

朗らかな雪白の声は、心底から誇らしげだ。

「確かに、確かに。奈槻さまの性格だけでは大変だ」

「寿和さまの性格だけでも、消極的が過ぎる」

「しかし、あの方は優しかった」

影月がしみじみと言い、酒を飲んだ雪白は嘆息をつく。

「嘉槻さまもお優しい」

小さな生き物の丸っこい耳がよっつ、ひょこひょこと動いた。

ふたりの会話を盗み聞いている嘉槻は、次第に恥ずかしくなってくる。

「このまま順調につながってくれればいいがなぁ」

影月がせんべいをばりっと割った。

「主さまは娶(めと)るおつもりかの？」

「もう交わってしまったのだから、娶ったも同然。百年も前なら、鬼と術師の婚姻もザラにあったじゃないか」

「それは、時代ってやつだよ、影月。嘉槻さまは、見た目と違って手強い。きちんと手順を踏まなければ、ヘソを曲げておしまいになる」

「だからこそ、主さまは丁寧に付き合って来られたのだからな」

「あの疎いところは寿和さま、そっくり……」

「いやいや、奈槻さまもかなりの唐変木だった」

「嘉槻さまは、そんなことないぞ！」

雪白が急に気色ばみ、きゅうっと背筋を伸ばす。ふさふさの尻尾が左右に揺れる。

「主さまの気持ちに気づいていると思うのか？」

盃を傾けて、影月はこくこくと音を立てながら酒を飲み干す。

立ちあがった雪白の耳がかすかに動き、顔を向けた台所の隅が黒々とした闇に包まれた。人影が立っているのだ。

「おかえりなさいませ、主さま」

盃を床に置き、影月もひょっこりと立ちあがる。

「おまえたちはかしましいな。こんなところで盗み食いとは」

青柳の声を聞き、隠れて盗み聞きをしていた嘉槻も小さく飛びあがる。

神出鬼没な青柳は、どこにでも現れた。陰に潜み、壁もすり抜け、空も飛ぶのだ。もしかしたら、ここで盗み聞きをしている嘉槻にも気づいているかも知れなかった。

「あとは片付けておくから、今夜はもう休め。中でぺちゃくちゃと話すんじゃないぞ」

「あ、あ、持って入っても……」

せんべいを手にした雪白が、そばにしゃがんだ青柳を見あげる。

「入れないだろう」

あきれながらも笑った声で答え、青柳はその場に座り込む。

「食べてからでいい」

「ありがとうございます。ではでは、遠慮なく」

声こそ愛らしいが、管狐たちはときどき嘉槻が驚くほど大人びている。彼らは妖魔だから、年齢という概念がない。見た目と声の印象は裏腹だ。

雪白がバリバリとせんべいの割れる音を響かせると、影月はするりと青柳の膝に近づいた。

「主さま、お探しのものは？」

「うん。見つけた。確かに、あの気配だった。探しても見つからないはずだ。あいつらが隠していたんだから」

「大元の在り処は……」

「それはまだわからない。封印をかけた上で結界の中にあるのなら、俺であっても侵入はひと苦労だ。……まぁ、焦らずにやるさ」

青柳の声色に笑みが滲み、一升瓶を引き寄せるのが見えた。嘉槻が廊下にいることには、だれも気がついていない。

「それがよろしゅうございます」

影月がしみじみと答えるのが聞こえた。

「嘉槻さまとのご関係も、いまが肝要です。……もう少し、つけ入ってみては……」

ささやくような声は悪巧み(わるだく)の気配だ。影月の小さく狭い額を、青柳の長い指が器用に弾(はじ)いた。

「あぁっ！」

小さな悲鳴をあげたが、見た目ほど痛くなさそうだ。

「余計なことを言うんじゃない。交われば、嘉槻の気力が安定する。だから、習慣にしているだけだ」

「……そんなこと、バカ正直に言わないでくださいよ。嘉槻さまは初心だけれど、聡(さと)い方なんですから。敏感な年頃ですよ。きちんと口説かなければいけません」

「わかってるよ」

「主さまが伝えることはあれこれと別にありますからね。雰囲気で伝わるとは思わないほうがよろしいでしょう」

せんべいを余すことなく食べようとしている雪白は、もごもごと頬を動かしながら会話へ入っていく。

「あれこれというのは、なんだ？　勉強させてくれ」

尋ねる青柳はなごやかに笑う。

廊下の壁にぴたりと貼りついた嘉槻は、寝間着の浴衣を握りしめた。裾が引きあがり、細い足首があらわになる。

息を潜めて、その場を離れた。忍び足で暗い廊下を歩く。青柳の結界の中にあるおかげで夜目が利きやすく、まったくの闇になることはない。

寝室の廻り縁側に差し掛かると、雨の音が近くなった。静かにしっとりと降る雨だ。

嘉槻は寝室に入り、蚊帳の中へすべり込んだ。

まわりの景色がけぶって、閉じ込められたような気分になる。奥側の布団へ横たわった嘉槻はタオルケットにくるまった。

目を閉じて眠ろうとしたが、管狐たちの会話が耳に残って離れない。ネンネだとか、娶るだとか。青柳の気持ちだとか、断片的な言葉ばかりがよみがえる。

余計なお世話だと思うと、ため息が転げた。

『交われば、嘉槻の気力が安定する。だから、習慣にしているだけだ』

そう、青柳は言った。夜毎、布団の上で嘉槻を組み敷きながら、だいじょうぶかと問う声と同じ声色で、ごく当然のように。

ぎゅっと目を閉じて、くちびるを引き結ぶ。

落胆を覚える自分を持て余しながら、青柳が部屋へ戻ってくる気配を察する。障子が閉まり、雨で冷えた空気が遮断された。

　雨音も遠くなる。今度は蚊帳が上下した。

「嘉槻……。眠っているのか？」

　背中に、指先の感触がした。

「さっき、廊下で盗み聞きをしていただろう」

　鬼は地獄耳だ。そうでなくても、ここは青柳の結界の中なのだ。すべてが支配下にある。

　嘉槻はいきなり閃いた事実に飛び起きた。

「青柳、あなた……っ」

　裾を乱したままで前のめりになり、片手を布団へつく。

　青柳は枕元に置いた盆の上で徳利の首をつまんで傾けていた。透明な酒が猪口へと流れ移る。

　相手の身体のラインがかろうじて見えるぐらいの闇の中でも手元は狂わない。

「……ぼ、僕が、ひとりで……」

　言いかけた言葉の恥ずかしさに気づき、嘉槻はそのまま、ぐっと押し黙った。

　青柳と肉体関係を持つまで、身体に溜まるものは自己処理してきた。つまり、自慰行為だ。

それを青柳に知られていたと、いまになって気がつく。

　自分のうかつさもいたたまれないが、感じ取りながらも素知らぬふりをしていた青柳が恨めしい。

「ひとりで、なんだ？　……眠れないなら、少し付き合え」

半分飲んだ猪口を差し出され、嘉槻は不満げにくちびるを尖らせたまま両手で受け取った。くちびるのそばへ持っていくと、花のようにかぐわしい香りが漂ってくる。舐めるように味を見て、それから喉へ流し込んだ。

喉越しはなめらかだが、胃はきゅうっと熱くなる。米本来の甘さが引き立った良い味だ。

「おいしい」

「きみは、酒の味がわかるな。舌がいいんだ」

そう言って、青柳は徳利を差し向けてくる。素直に受けて、また、くっと喉へ流した。

「あぁ……、やっぱり、いい匂いですね」

「うん、旨い酒だ」

嘉槻から猪口を取り戻し、手元で酒を注いで徳利を盆の上へ戻す。

それと同時に、部屋の四隅が明るくなった。ふわりとやわらかな光を放つ球が宙に浮かぶ。

青柳が操る鬼火のひとつだ。

「旨そうにしている顔を見ながら飲むのはいいな」

青柳が珍しいことを言った。

「……ひとりだと、寂しいんですか？」

嘉槻がからかって笑うと、形のいい瞳がすっと細くなった。

「だと言ったら、一緒に飲んでくれるんだろうな？」

「もう、飲みました」

「……もっとだ」

青柳の指が嘉槻のおとがいを支えた。酒を含んだくちびるが近づく。触れて合わさり、抵抗もせずにくちびるをわずかに開く。舌が差し込まれ、酒が移ってくる。

「ん……」

背中を抱き寄せられ、気づいたときには足のあいだに引き込まれていた。頭を傾けると青柳の肩に触れる。

「嘉槻。あの男がここへ訪ねてきたらどうする」

「あの男？　あぁ、頼久さんですか。青柳が嫌だというなら断ります」

たびたび案件先で顔を合わせるようになり、そのたびに嘉槻の仕事を横取りする気満々の術師たちへ口添えしてくれる。

あるときは手伝いを頼まれたが、嘉槻にとって学ぶことが多くありがたかった。

「ここは青柳の結界の中ですから、頼久さんでも入ってこられないでしょう」

「……『でも』？」

些細（ささい）な言葉に突っかかった青柳は、猪口の酒をゆっくりと飲む。嘉槻は首を傾げた。

「なにか？」

「ずいぶんと、買ってるんだな。それほど力のある術師でもない」

「いいえ、頼久さんは素晴らしいですよ。祥風堂の伝統的な清廉さを……聞いてますか？」

「いいえ、聞いていません」

青柳はつんっとそっぽを向いた。そういう砕けた仕草を見るのが好きな嘉槻は、あご下に手をくぐらせて向こう側の頬を引き寄せた。

「どうして拗ねるんです」

「拗ねているように見えるなら、子どもっぽい真似をした甲斐もあるな。それで？　どうしてだと思う」

「わかりません」

「少しは考えてみてくれ」

「頼久さんはともかく、あなたは鬼としては最高種と言えるわけでしょう。張り合っているわけではないと思います。……ですよね？　まさか嫉妬してるとか？」

想像すると楽しい気分になり、嘉槻は込みあげる笑いを噛み殺した。青柳の整った顔を至近距離で見つめる。

嘉槻を映した形のいい瞳がきらめき、ついっと細くなる。

「あの男の腕に嫉妬しているわけじゃない」

「じゃあ……」

「きみが、楽しそうな顔をするからだ。いい勉強になると思って見ているが……気分はあまり良くない」

「あれですか。自分の獲物にほかの男の匂いがつくと嫌だっていう……」

「本で読んだのか」

青柳はかすかに笑う。その穏やかさが嘉槻をなごませ、口のすべりをよくさせる。

「はい。鬼の習性をまとめた文献を、頼久さんからお借りしていて」

「そういう仲になるのが、相手の策略なんだと考えないのか？　簡単に引っかかって……」

「何の策略ですか。そんなことはありえません」

「でも、結婚を誓った仲なんだろう？」

「それは、頼久さんの冗談です」

会うたびに言われるが、話の枕のようなものだと嘉槻は思っている。

「じゃあ、嘉槻は俺の嫁になるんだな」

「どうして、そうなるんですか」

驚いて目を丸くしたが、頬も一緒に熱くなる。

抱き寄せられて膝のあいだに囲われ、そんな関係ではないと言うのもおかしな話だ。

しかし、鬼に娶られる男の話なんて聞いたこともない。

「……僕の気力が落ち着いたら、もうなにもしないんですよね」

なるべく感情を殺して、深いことは考えないように努めながら尋ねる。

「なにも、ということはない。くちづけはするだろう。いただけるものはいただきたいからな」

「くちづけだけ……」

「……性交を長く続けるのも難がある」

「僕が初心だから、楽しくないんでしょう」

「だれがそんなことを。管狐たちか？　……それとも、あの男」

いまいましげに言われ、嘉槻はあわてながら首を左右に振った。

「頼久さんは関係ありません。違います。……そう思うだけです」

廊下で管狐たちの話を立ち聞きしたとは言えない。

「きみを、この家に閉じ込めることができたらな……」

「閉じ込めて、どうするんですか」

なにげなく聞いてしまったが、すぐに後悔した。

「身体が溶けるほどに交わって、頭からバリバリ食べてしまうんだよ」

素早く猪口を盆に置いた青柳が、犬のように吠えながら耳元に噛みついてくる。もちろん歯がかすめるだけの甘噛みだ。

嘉槻は小さく悲鳴をあげて逃げ惑った。身体が引き寄せられ、耳たぶを噛まれる。ふたりして笑いながら転がり、押し返して引き寄せられ、また拒んで顔を背ける。

笑う嘉槻の頬に、青柳のくちびるが押し当たってすべる。くちびる同士が触れて、動きを止めた。

吸い寄せられるように互いの視線が絡み、互いの瞳の奥だけを見つめる。

時間が熱っぽく膨張して、嘉槻はなにも考えられなくなった。思考を放棄したわけではない。ただ単に、まとまりなく乱れていくだけだ。

「きみは、きれいな顔立ちをしている」

「……両親に似ていますか」

何度となく聞いたことを今夜も尋ねる。

「似ているかも知れないな」

青柳はどこか苦しげに顔を歪めた。両親を手にかけたからだと思う嘉槻は、一方で疑問にも感じた。

青柳が言うように、本当は、親の仇でないかも知れない。

身体に刻まれた淫呪も同じだ。青柳のかけた呪いだと信じられないときがある。証拠はなにもない。そう思いたいだけだと言われたら否定もできないが、淫呪が疼いて抱かれるたび、本能的なズレを感じるのだ。

「……でも、やっぱり、きみはきみだ。人の顔には本人の性質が現れる。きみはまっすぐで迷いがなくていい」

笑いながら嘉槻を眺める青柳は、やはり満足そうに目を細める。ふたりして向かい合わせに横たわり、嘉槻は手の甲を枕にする。青柳は肘をついた。互いの身体は、ふたつ並んだ布団を横断している。

「だから、だれにも似ていない。奈槻とも寿和とも違う。出会ったときから、特別だ」

指の第二関節で鼻筋を撫でられ、嘉槻はたゆたうような淡い感情に揺らいだ。

「……おいしそうに見えたから？」

「まだ、おいしそうではなかった。きみは幼くて」

「もう十八でしたよ。……あのまま祥風堂で修行をしても、たいしてものにはならなかったような気がします。やっぱり、僕は……、あなたに厳しく指導してもらって、それで良かったと思っています」

「三度も四度も逃げ出していたけどな」

「……ありましたね」

懐かしさと苦々しさが入り混じり、嘉槻は柳眉をひそめた。

山を降りたくても道がわからず迷子になり、降りたところで帰るところのない身だと思えば途方に暮れるしかない。こらえてもこらえても溢れてくる涙は、両親の不在や日々の厳しさのためだけではなく、鍛錬に集中できないふがいなさのせいでもあった。

そのうちに管狐たちが見つけ出し、木の葉や草を鳴らして駆け寄ってくる。さらにしばらくすれば青柳が現れ、嘉槻が立ちあがるのをじっと待つ。

彼は本当に人間的だ。見た目は冷酷そうでもあるが、芯のところには血の通った心があり、鬼とは思えない。

嘉槻が知っている鬼はもっと乱暴で粗雑で、本能で動く存在だ。めったに遭遇することはないが、両親が退魔師なので見かけたことはある。そんなとき、未熟な嘉槻は遠ざけられ、息を潜めているように念を押された。

「三十を過ぎた頃には、退魔師として立てるといいんだけど」

自分の手の甲へ頬を押し当て寝そべった嘉槻は目を伏せる。青柳が仕掛けた橙色の鬼火に照らされ、白い頬は健康的な艶を帯びた。

「ねぇ、青柳。僕にかかってる淫呪は、本当にあなたのもの？」

視線を合わせずに聞いたのがいけなかったのか。

答えは返らず、額にくちびるが押し当たる。青柳の息づかいは温かく、彼を見つめる嘉槻はこの時間が永遠に続くように願う。

雨の音は遠く、ふたりを閉じ込める。

このまま、青柳と暮らしていけるのなら、真実からは目を逸らしていたかった。

＊＊＊

「青柳……。もっと涼しくしてもらえませんか」

日が差し込まない縁側で寝転んでいる青柳の背後から声をかけた。

「んー？」

団扇(うちわ)を使いながら、青柳がごろりと仰向けになる。ゆるい着付けの浴衣は、あちこちがあからさまに露出していて、嘉槻はどぎまぎと視線を揺らした。

「……あなただって暑いでしょう」

汗ばんだ筋肉質な太ももへ浴衣の裾をかけ直しながら言うと、団扇の風が吹いてきた。

「夏は暑さを感じるものだ」

「山では涼しかったのに……」

「それは標高が高いからだよ」

青柳がふふっと笑ったのに合わせ、一陣の風が舞い込んでくる。思いのほか強い風で、嘉槻の前髪が吹きあげられ、白い額があらわになった。

「涼しくなったか？」

「もっと穏やかな風にしてください。埃(ほこり)っぽいです」

「嘉槻は人間なんだから、夏は汗をかかなければ……。外へ出たときに参ってしまう」

もっともらしいことを言われ、嘉槻は考え込んだ。

しかし、すぐに気がつく。

「どこに行っても、クーラーが効いた部屋に通されます」

「でも、現地までは徒歩だ」

「わかりました。涼しくしなくてもいいので、送風はお願いします。浴衣が汗で濡れて不快なんです」

「へぇ、どれ……」

いたずらに手を伸ばされ、拗ねた顔つきで身をよじる。浴衣の袖がひらめいて青柳の指を叩いた。

「いま、何時でしょう。この家は時計が少なくて困ります」

嘉槻に腕時計をつける習慣はなく、外へ出るときは懐中時計を使っている。家の中で時間を見ようとすれば、台所か、勉強部屋の時計を見るしかない。

「今日は仕事もない日だろう」

「……頼久さんが寄ってくれることになっています。文献を貸してくださることになって」

「いつ、そんな話に」

「この前です。あなたがどこかへ出かけていたときですよ。僕が買い出しをしたでしょう。その帰り道で偶然に会って……」

「……偶然？」

青柳はいぶかしげな表情で起きあがり、首を傾げた。黒髪が流れて目元へかかる。

「本当に偶然か、怪しいものだ。あいつは、鬼束の嫡男じゃないか。上の人間に言われて、おまえのことを探っているのかも……」

「探ったところでなにも出てきませんよ。あなた以外は」

「それが一番のミソだ」

青柳の手が伸びて、片頬を包まれる。くちびるが近づいて、口の端に当たった。

「玄関先で受け取りますから、彼を閉め出したりしないでくださいね」

その気になれば、彼が来たことさえ嘉槻に隠せてしまうのだ。この家に呼び鈴はなく、初見では入り口も見つけられない。

だから、嘉槻は約束の時間に合わせて、外へ出ているつもりでいた。

「鬼束の家の人間に存在を知られたら、退魔師が送られてくるかも知れないんだぞ。嘉槻」

くちづけをしたあとで顔を覗かれ、青柳の目元をまっすぐに見つめ返した。惚れ惚れするほど形のいい目をしている。

青柳はにやりと笑った。

「そうすれば、おまえは自由の身だな」

「そんなことを疑うなんて、ひどい」

眉根を引きしぼり、ひたと睨み返す。

「考えたこともありません。だいたい、彼らが僕を見捨てたんですよ」

鬼の呪いを受けた術師だと、不浄物扱いされたのだ。

「それとこれとは話が違う。呪いがかかっていれば、そばに鬼がいるはずだと思うだろう」

「……あなたは、いい人です」

言った瞬間にうつむき、くちびるを引き結ぶ。青柳は声を出して笑った。

「人だった頃にさえ言われたことがない言葉だな。……祥風堂が退魔師を差し向けてこないのは情報を得るためだ。おまえは死んだと思われていた。六年も経てば、鬼との間に一種の利害関係が生まれたと考えるのが普通だ。おまえは死んだと思われていたぐらいだし、野放しにして観察しているんだろう。そういう考えを持つ組織の人間だ。あの男と会うのはよろしくない」

「……祥風堂が記した文献は、ほかで手に入れることはできません」

「いったい、なにを調べるつもりだ」

耳たぶをこねられ、嘉槻は両肩を引きあげる。

「ひみつ……」

逃げようとすると追われ、畳の上を転がった。

「俺に対して秘密があるのか」

「結界の中でも、心の中までは見透かせないでしょう」

挑むように言い返し、嘉槻は指先で男の頬をなぞった。

胸のふちが震え、深い場所が疼いてくる。

内太ももの皮膚が引きつるように痛み、青柳から顔を逸らして胸を押し返す。その手はあっさりと剥ぎ取られ、畳へ押しつけられた。

「鬼にも心があると思うか」

「……あるんですか？」

「俺が聞いているんだよ。本当に、嘉槻は、ウブなネンネだな」

青柳の膝が足のあいだに置かれ、乱れた浴衣の裾が縫い止められる。続いて、くちびるが首筋を這い、嘉槻は身をよじった。

「時間が……」

「まだ、そんなつもりでいるのか。やめておけと俺が言ってるんだ」

「だれと付き合うかは、僕が自分で決めます。……んっ」

浴衣の衿が引かれ、剥き出しになった鎖骨を吸われて声が漏れる。

「青柳、あなた、本当は山にいたっていいんでしょう。ときどき会って、こうすれば……」

「嘉槻」

急に声のトーンが沈み、呼ばれた嘉槻は両肩を引きあげて固まる。

「嫌になったのか。それとも、行為に飽きたのか？」

「……僕はただ、あなたが祥風堂を気にするのなら……、離れていたっていいと思っただけだ。鬼は空間を移動できるし、それに……僕が相手では満足できないでしょう。その……」

発言の危うさに気づき、嘉槻は言葉を飲み込んだ。

自分の道は、自分で決めたい。仕事も、友人も、他人の指図を受けるつもりはなかった。

しかし、青柳の言わんとしていることも理解している。祥風堂が、鬼の呪いを受けた術師を邪道だと言いだすのは時間の問題だ。

いまはまだ嘉槻が駆け出しの取るに足らない存在だから仕事を奪って邪魔するぐらいのものだが、封印師として安定したり、退魔師になるほどの力を得たりすれば、いまの比ではなく全力で排除されるだろう。

それもすべてを知った上で、この道を進むと決めたのは嘉槻自身だ。

「……満足？」

嘉槻の言い分を聞き、青柳がひっそりと繰り返す。

「嘉槻は、俺が満足していないと思っているんだな？」

「忘れてください。勢いで言っただけです。違いますから……」

「なにが違う？」

「だから……、あぁ、わざとそんな意地悪を……」

「俺は『天邪鬼（あまのじゃく）』なのかもな。なぁ、嘉槻」

おとがいを掴まれ、くちびるが重なる。青柳のくちびるはしっかりとした肉厚で、くちづけは官能的だ。触れ合うだけで目眩を感じ、うっすらとまぶたを開くと、そこに澄んだ瞳が待ち構えている。

あくどく油断のならないものほど、きれいな目をしていると、その昔、母から聞いた。

その母にとって、この世の中で一番あくどくて油断がならず、一生をかけても勝ちたい相手は嘉槻の父親だった。

幼い子ども相手に笑いながら答え、母はうっとりとした眼差しで宙を見据えた。横顔を見つめた嘉槻が、子ども心に感じた憧れは、いまも褪せない。

女だとか男だとか、そんな世間体をすべて越えて、母はひたすらに凜々しく強かった。両親の実力は拮抗(きっこう)していたが、それぞれが相手の精神的支柱であったことは間違いない。

だから、ふたりは同時に命を落としたのだ。

たったひとりの息子を守るためには、そうするしかなかった。

「あ……、ん……」

嘉槻の物思いに気がついたらしく、青柳のくちづけはいっそう激しくなる。

欲情を煽られて息を乱す嘉槻は、疑問を感じた。

行為の最中に気を散らすことは心ない行為だが、それは愛し合う者同士の情交の場合ではないだろうか。利害で抱き合う不純な関係でも、やはり、この瞬間には相手との快楽のことだけを考えるのが礼儀になるのだろうか。

　そんなことはだれにも聞けない。いま、青柳に聞くこともおかしい。

「……んっ、あぁ」

　物思いの隙をつくように浴衣の合わせが大きく開かれ、青柳の大きな手のひらで、華奢な肉付きの胸が覆われる。ひたと寄り添う体温は熱く、嘉槻はのけぞるようにして感じ入った。

　身体はすでに快感を待ちわびていて、ピンと尖った乳首を指で撫でられただけで小刻みに震えてしまう。

「あ、あ……」

「こんな感じやすい身体を、ひとりにするものか。どんな悪い虫がつくか、わかったものじゃない」

　指先がくるくると乳輪をなぞり、尖りをきゅっとつまむ。

「……はぅ、っ……」

　刺激に恥ずかしい声が溢れ、真っ赤になった嘉槻は手の甲をくちびるに押し当てた。青柳の指はなおも、緩急をつけて乳首をこねまわす。大胆だが、乱暴さはなく、とても繊細な仕草だ。

　じれったい快感が蓄積すると、腰のものも急速に張り詰めてくる。

　揺すりたいのをこらえ、喘ぎながら顔を逸らす。翳（かげ）った和室から庭先の明るさに視線を転じた嘉槻は驚いた。

「……あおやっ……」

最後まで言うより早く、くちびるを片手で覆われる。

「しっ……」

黙るように目配せされたのと同時に、下半分が開いたままの雪見障子が音もなく閉じた。その間際に見えたのは、頼久の姿だ。

雑木林の入り口で青柳の結界に気づき、中へ忍んできたのだろう。

「外の結界はゆるくしておいた。……おまえが、招き入れたいと言うから」

ささやく青柳は油断がならない。嘉槻を組み敷いたまま、静かに微笑む。

「内の結界は家全体にかけてある。いくら本家の嫡男でも、こちらには手が出ないだろう。それとも、彼なら、覗けると思うか？」

当てつけがましい言い方さえも凛々しく感じられ、嘉槻は睨むのも忘れて青柳を見つめた。

しかし、情事を覗かれるのは嫌だ。

「……冗談はこれぐらいにしてください。文献を受け取るだけの用ですから」

「俺の相手はそのあとか……。拗ねてやってもいいんだぞ、嘉槻」

思いもかけない言葉に、嘉槻は目を丸くした。

「なにを言って……」

雪見障子の向こうでは、夏草を掻き分けて歩く頼久が見える。家の形は見えている様子だが、入り口がわからなくてさまよっているのだろう。

何者かが張った結界であることは気づいていても、それが鬼とは思わないはずだ。こんな手の込んだことをできる鬼は限られている。嘉槻も、青柳と出会うまでは知らなかった。

「どちらを優先するんだ……」

肘をついて起こしている身体が青柳に抱き寄せられ、くちびるが触れる。それはすぐに頬を伝って首筋から鎖骨を越えて、胸の突起まで行き着く。

「……ぁ」

「二の次にされる程度の存在か。俺は」

「なにを、そんな……あ、いや……」

乳首を吸われると、身体が疼く。じわりと湧いた快感は全身を覆い尽くして、肌を火照らせた。汗が滲み、頭の芯がくらりとする。

「青柳……いまは……やめ……」

「だから、言ってるだろう。きみにとって、いま必要なのは、俺か、それとも、そこで道を失っている男か」

舌がねっとりと動き、小さな突起が押しつぶされる。

「ん……」

「きみの言う通りに従おう。俺は、きみには逆らえないんだ。さぁ……」

「そんな……」

絹糸のようにやわらかな髪を揺らし、なんとか身を引こうとする。しかし、甘く吸いつかれてしまえば身動きが取れなくなっていく。

頭の芯が痺れて、青柳の言おうとしていることの意味が理解できなかった。

青柳が逆らえないなんて嘘だ。鬼を従えることができるのは契約を交わした人間だけであり、淫呪をかけられた餌でしかない嘉槻は、取り替えの利く程度の存在に過ぎない。

「青柳……やめ、て……」

四肢が絡まり、男の手のひらが内ももへ這う。そっと撫でる仕草に身を揉んだ嘉槻は、快感を知りすぎていた。夜毎繰り返す行為でじっくりと慣らされ、ここへ来てようやく、身に沁み込んでいると自覚する。

淫蕩の淡い熱がまるで血管を伝うように全身へ運ばれ、息が乱れていく。恥じらって声をこらえたが、漏れ出すのは時間の問題だ。

それでも、嘉槻は限界まで我慢しようと努める。

悶えているのではなく拒んでいるのだと自分に言い聞かせ、片膝を引き寄せて身体を守る。

「かわいいことを……」

耳元でささやく青柳の声にも情欲が映り、足がやや強引に開かれる。

「あ……」

「『やめて』が答えか、嘉槻」

「……ん、ん」

　こくこくとうなずいたが、両手が膝から内太ももを撫でて付け根まで行くと、耐えきれずに膝がゆるむ。

　青柳がいつもしてくれる濃厚な口淫を望む身体が憎らしい。

　淫呪のせいだと思うことは都合のいい言い訳だ。本当に拒むなら、身体が反応しても心は動かない。心が動かなければ、この行為は凌辱でしかない。そうなれば、傷ついた心は壊れてしまう。

　しかし、嘉槻はなにも変わらなかった。心に青柳の存在が刻まれていく以外には、なにも変わらない。

「大きな声を出すと、外へ聞こえるぞ」

　からかうような息づかいが胸を行き来して、右の突起のあとで左の突起を吸われる。濡れたしこりはさらに両手の指で均等にこねられ、青柳はいっそう身を沈ませた。

「……や、ぅ……」

　とっさに腰をひねったが、閉じようとした太ももは青柳の頬に止められる。肌に頬ずりをされ、舌が這った。

「あ、あぁ……」

「淫呪がある限り、拒めないだろう?」

息が股間にかかり、嘉槻は両手で顔を覆う。

眩しいほどの陽差しは、縁側の中ほどまでしか入らず、和室はしんと静かだ。

ちゅっと濡れた音がして、やわらかくしこった芽生えに生温かい感触が押し当てられる。

「……嘉槻。いけないと思いながら、ここを膨らませて……恥ずかしい子だな。きみは」

「……そ、んな」

「だって、そうだろう」

言いながら、だぶついた皮膚が引き下ろされ、まだ敏感さを失わない桃色の肉が剥き出しになる。息を吹きかけられただけでびくびくと奮い立ち、肌は羞恥に燃えていく。

「あ、ん……」

なにかを言う前にぱくりと口に含まれた。青柳の口腔内は沼地のようにぬかるみ、嘉槻の性欲の芽生えを包み込む。ジュウジュウと吸われるたびに、肉は膨張して固くなり、逃げようと腰を引いたがもう遅い。

両ももへ手がかかって引き戻された。

「あぁ……っ、あ、あ……く、ん……」

嘉槻が快感の行く先を知っているように、青柳も快感の極め方を知っているのだ。吸われ、ねぶられ、いやらしく育った陰茎が大きな手のひらに包まれて上下にしごかれる。

「ん、ん……」

こらえてもこらえきれない気持ちよさが渦を巻き、乱れた浴衣から見える肌も見えない肌も汗ばんだ。

「しない、で……」

「こんなにして？　我慢できないだろう。きみは、顔に似合わず貪欲だ。ほら、ここも……」

これ見よがしに舐めしゃぶった指が奥地へ向かう。ずぶりと差し込まれ、嘉槻は膝を立てた両足で畳を蹴った。

「くぅ……っ」

腰裏がびりっと痺れたが、痛みはない。毎夜繰り返される性交で慣らされ、濡れた指ぐらいであれば、やすやすと飲み込んだ。

なおかつ、ぎゅうっと食い締めるように狭まる。

「あぁ、欲しがってる……。そうだな？」

濡れたような青柳の声は色っぽくていやらしい。嘉槻はいやいやをするように首を振ったが、差し込まれた指で内側を掻かれると声も出せなかった。

息づかいも喉に詰まり、深く吐き出して深く吸い込む。青柳は呼吸に合わせて指を動かした。関節を軽く曲げた指で、ぐりっと肉壁がえぐられる。

淡い衝撃が、今度は内ももを伝った。

「あお、やぎ……あ、ぁ……んん」

身悶えて声が震える。すると、嘉槻の身体は裏返された。拒む間もなく、指を受け入れたまま腰が持ちあがる。

「ぃや……」

思わず両手を畳に突き、嘉槻は這って逃げようとした。

浴衣の裾がたくしあげられ、丸みを帯びた若い臀部が青柳の目にさらされているのだ。

こんな体勢で抱かれたことがないどころか、外が明るいうちから交わったこともない。そこをじっくりと見られることも初めてだった。

「嘉槻の菊は素直だな。こんなにきつく締めているのに、動かせばほどけてくる」

ぐり、ぐり、と指を動かされると、下腹のものはいっそう脈を打って固くなった。肌が汗ばみ、意識は朦朧とさえする。

声をあげたくなったが、それはできない。

グッとこらえて、畳に乱れた袖を握りしめる。顔を伏せると、指を差し込まれた菊皺に息が吹きかかった。

「あ、あぁ……っ、見ないで……」

「じゃあ、見るのはよそう」

言われて安心するより早く、生温かいものが青柳の指のそばを這った。

「あ……？」

一瞬、呆（ほう）けた嘉槻の身体がわなわなと小刻みに揺れた。

「う、うん……っ」

始まるともう止まらないのが、青柳の愛撫だ。舌はぬめぬめと動き、それに合わせるように指も内側を掻く。

「ぁ、はっ……ぁ、ん……っ、あ、あっ……」

「聞いたことないような声がしてきたぞ、嘉槻。……感じているのか、こんなところを舐められて」

「頼んだわけじゃ……あ、あっ」

指がずくずくと動いたが、内壁はもっと別のものを求めている。

「じゃあ、きみ好みを頼めばいい。なにを、どうして欲しい」

「……もう、やめて」

「それはない」

嘉槻の尻をもてあそびながら、青柳は嬉しそうだ。舌で皺を濡らし、指でほじり、出口が入り口へ変えられていく。

「あぁ、そうか。指をやめて、もっと太いものが欲しいんだな。ねだってみるか？」

「……うっ……ばかぁ……」

涙声で罵ると、汗で湿った尻にくちづけが押し当たった。

「いじわるが過ぎたか……。足を閉じてごらん」

手のひらに促されて両ももをくっつけると、そのあいだに熱い棒状のものが挟まれた。

すぐに青柳が腰を使い始め、初めは引きつれながら肉が動く。しかし、やがては先走りが広がって濡れていく。鬼の先走りは量が多く、一突きごとに内ももに挟まれた肉棒は動きをなめらかにした。

「あ、はぅ……っ」

急速に育ち存在感を増したもので、会陰や袋のあたりをこすられると、つかみ所のない感覚が溢れてくる。それもまた悦だ。

「青柳、もう、もう……本当に……見られて、しまう……から……」

袖を握りしめ、腕にまとわりついた布地を噛んで訴えると、雪見障子の向こうに、人影が見えた。頼久がそこにいるのだ。

なにか異変を感じ取っているのかも知れない。しゃがめば見られてしまう距離だ。

「見えないよ」

腰を使い、指を動かす青柳がしれっとして答える。

「うそだ、止まってる……ん……」

見られるかも知れないことに怯えても、身体はもうすっかり快感に飲まれていた。青柳の些細な動きにも息が乱れてしまう。

「俺と彼と、どっちを取るか、まだ答えていなかったな」

わざと先端を押しつけるように腰を揺らされ、嘉槻は喘いだ。

気持ちよくて、気持ちよくて、もう挿入して欲しい。

またしても淫らな言葉を口にしてしまいそうになると、暗澹たる気持ちに胸が塞ぐ。

「……そ、んなの……。聞かないで。いや、だ……。聞かないで」

「決められないか？」

「あ、あっ……んっ……」

指がぐりぐりと蜜壺の内側をなぞるように動く。そのたびに嘉槻はせつなくなって顔を伏せた。涙が溢れてくるのは、快感のせいだ。

「……決まってる……けど、見られるのは、いや……あ、あっ……」

「その答えが聞きたい。今日は彼をあきらめて、俺に付き合うんだな？」

「あ、あっ……」

「正直に答えたら、これを挿れてやる。欲しくないか。中にたっぷり出されたら、もうなにも考えられなくなる。それでいいだろう、嘉槻。なぁ……いいだろう」

誘う青柳の声は毒々しい。だから美しかった。人の心の弱い場所へもぐり込み、温かさをすべて奪ってしまうような、淫蕩の声色だ。

嘉槻は大きく震え、拳を握りしめた。

欲しいと青柳が言うなら、すべてあげてもかまわない。頼久に見られることさえ、こらえてしまう自分を知っている。

しかし、嘉槻は、そう思う気持ちの根源を知りたくなった。

淫呪のせいなのか。それとも、もっと違うところにある感情のせいなのか。

そして、青柳はなぜ、こんなにも言葉を欲しがるのか。

肉の悦が望みなら奪えばいい。淫呪があれば、どんなことも嘉槻に強要できる。

ふっと飛来した物思いは、掴む前に指のあいだをすり抜けた。

視線を上げた嘉槻は、雪見障子の向こうに夏の翳りを見る。

草の生い茂る庭に、白い夏の陽差しが降りそそいでいた。それなのに、自分の身体は熱い欲に汗ばみながら支配され、進退きわまるほどに追い詰められていく。

相手が青柳だと思えば、心は不思議と凪ぎ、揺らめくような情感に全身が包まれる。

あちらとこちらが分断されて、嘉槻の気持ちは、ただ青柳だけに向かった。熱に浮かされるように息を繰り返し、きつく拳を握りしめる。

「……青柳は？」

震える泣き声で問う。

「青柳は……、中に、入りたい？　僕の中で、出したいの？　……それなら、いい……して、いい」

　腰を高くあげて、身体の力を抜く。

「挿れて……」

　泣いてしまわないようにと気をつけたが無理だった。求める声は涙に濡れ、かすれて響く。

　青柳の逞しい陰茎が、まだ処女めいた色を失わない嘉槻の菊襞にぴったりと押し当たり、丸みを帯びた先端が花芯を広げて沈む。

「あ、あぁっ……」

　身体を貫く衝撃に、嘉槻は甘だるく声を引きつらせる。ぬるぬる、ずぶずぶと、巨根が菊花の沼地を支配して動く。そのたび、外の景色の一切が吹き飛んでいくようだ。

　快感は何度も跳ね回り、肌はひっきりなしに痺れて汗ばみ、腰も疼いて乱れる。

「あ、あっ……ん、んっ！　あ、あっ……あぁッ……」

　腰を掴まれ、引き寄せられるたびに深く穿たれる。その苦しさに涙が滲み、遅れてやってくる快感にしずくが溢れてこぼれた。

「あ、あっ……」

　身悶えながら、リズミカルにぶつけられる腰の逞しさに目眩を覚える。

　青柳をこれほど夢中にさせるものはやはり淫呪だろうかと、心の端っこが傷を負い、それでもいいと嘉槻は思い直す。

背中へ降りかかる息づかいが乱れているのは、自分が身体を投げ出すからだ。淫呪も含めて、青柳が自分に固執してくれるのなら、それでいい。

この淫紋が刻まれている限りはきっと求めてもらえる。

いつか、終わりが来るまでは。青柳に、飽きられてしまうまでは。

「あ、あぁ……い、いっ……きもち、い……っ」

声をひそめながら、嘉槻は訴えた。

身体の奥からよじれるようにして現れる淫靡な感覚に袖を握りしめ、男の激しさを受け止める。

「はぁ……っ、あっ……」

息が弾み、声も刻まれた。青柳はいつもの何倍も興奮しているらしく、固く張り詰めた陰茎で奔放(ほんぽう)に嘉槻の内壁をえぐる。

引きつれて甘い嘉槻の喘ぎと、耐えて低い青柳の喘ぎがもつれ合って室温を上昇させる。どちらも汗みずくに肌を濡らし、ひとつの快感を必死になって追っているのだ。

「ん、ん……っ。はっ……ぁ、あ、あっ……ッ！」

嘉槻の意識は生ぬるく拡散して、揺すられるままに声をあげた。

外へ聞こえるかも知れないと気を配る余裕はもう微塵もない。

「……嘉槻……呪いも契約も関係ない……」

　青柳の声が遠く聞こえ、快感の波にさらわれる。腰が強く引き寄せられ、繋がりはいっそう深くなっていく。

「……きみが、……あぁ、嘉槻……、きみが……」

　繰り返される声も愛撫に変わり、嘉槻は上半身を伏せながら小刻みに震えて快楽を貪る。

　ひと差しごとに身悶え、涙を流し、繋がっているあいだだけは、青柳だけの自分でありたいと祈る。

「あ、あっ……」

　腰を抱かれ、指先が熱をからめとった。

　快感が弾け、若い蜜汁が溢れ出る。

「う、く……っ」

　嘉槻の柔肉(やわにく)が繰り返す律動に、きつく絞られた青柳も苦しげに声を漏らす。

「あぁ……、もう……っ」

　上半身が抱き起こされ、促された嘉槻は背中をひねった。頬を引き寄せる青柳の手のひらは汗で濡れている。

　くちびるが肌に触れて、嘉槻は自分からくちづけを与える。舌を差し伸ばし、先端を吸わせ、弾けて注ぎ込まれる体液の熱さを繊細に感じ取って目を閉じた。

＊＊＊

蝉の声が聞こえる夕暮れの縁側で、嘉槻は足をぶらぶらと揺らしていた。

浴衣の裾もつられて揺れる。寝室の廻り縁側ではなく、二間続きの居間の前だ。

近くに置いた盆には氷を浮かべた麦茶のグラスが載っている。

あの日、頼久には会えなかった。それどころか、続けて、二度三度と交わってしまい、嘉槻の膝には畳とこすれたかすり傷がまだ残っている。

行為の最中は快感が勝って痛みを感じなかったが、その夜の風呂はひどかった。

「嘉槻さま、嘉槻さま」

呼ばれて視線を向けると、管狐が廊下をするするっと駆けてくる。白いのが雪白、焦げ茶なのが影月だ。嘉槻の右と左の膝に小さな手を突いて、後ろ足ですくっと立つ。

嘉槻が両手を使って撫でると、二匹は目を細めた。やがてくったりと膝に伏せる。

「まだ、怒っていらっしゃる……？」

ふさふさした尻尾の雪白が、くりっと丸い目を向けてくる。瞳は黒く、艶めいている。

「……青柳は？」

質問を無視して尋ねると、スリムな尻尾の影月が撫でられながら答えた。

「主さまは夕食の買い物へ出られました。暑い日が続いたので、豆腐を買いに行くとおっしゃって」

「嘉槻さまのためですよ。冷や奴なら、のどごしもいいだろうと」

半円の耳を動かした雪白も言う。

「僕はべつに、風邪をひいているわけじゃないんだよ」

膝をすりむくほどの行為と、人に見られたかも知れない心労が重なって、夜の行為に腰が引けているだけだ。そんなこと、彼らに対して説明できない。

「怒っていらっしゃるんですよね」

「わかります、わかります。祥風堂のお坊ちゃんと約束されていたのに」

「主さまは、ホント、嘉槻さまのこととなると……」

「そうそう。まるで、そこいらの人間みたいで」

嘉槻の膝へ身を乗り出した二匹は、いつも通りに騒がしい。

「……困らせているんだろうね」

つぶやきがくちびるからこぼれ落ちる。

白と焦げ茶の小さな生き物が、耳をそばだてて反応した。

「困る?」

「嘉槻さまが?」

「いや、青柳が、だよ」

苦笑を返すと、つぶらな瞳がよっつ、きらきらと輝いた。

「そりゃあ、嘉槻さまがご機嫌斜めじゃあ……」

「こら、雪白、そういうことじゃない。なんだって、そんな気の利かない……。いやいや、嘉槻さま。主さまは、とんと迷惑なんぞ、感じておられません。本当ですとも」

焦げ茶色の毛並みをした影月は、後ろ足で立ち、えっへんと言わんばかりに胸を反らした。

「無理を強いたと反省すらなさっておいでで……。え、そうか……」

くるっと相棒へ向き直り、その場に座ると尻尾を身体に巻きつけた。

「主さまが、反省……。反省……。あられが降るかな、槍が降るかな」

「どちらも降りゃしないよ」

雪白が笑い声をあげ、嘉槻の手のひらへ身体をすり寄せた。

「ねぇ、嘉槻さま。こうやって機嫌を取るようにと、管から出されたんですよ。でも……、いくら使い魔でも、できることとできないことがありますよね？」

「気はまぎれているよ」

とろけるようにやわらかな毛並みを撫でながら、嘉槻はうつむいた。

「……青柳には、僕の両親に対する遠慮があるのかな……それとも、罪悪感だろうか」

蝉の声は二重にも三重にも聞こえ、かすかに揺れる夏草の匂いが届く。嘉槻の肌はしっとりと汗ばんだ。

「主さまに、遠慮や罪悪感があるとは思えませんねぇ」

影月が言い、雪白もこくこくとうなずく。

「あの方は、心のままにしか動かないんですから」

「そう……」

嘉槻の返事が物寂しげに感じられたのか、雪白が耳をピンと立てた、

「そう、と言えば！　嘉槻さまのご両親は、底抜けに明るくて楽しい方々でしたよ！　年に数回、山へやってきて、そのたびに和菓子やら洋菓子やら、それはもうたくさんいただきました。嘉槻さまが生まれる前からの付き合いですけど、数年に一度は一緒に鬼狩りへ出かけましたね」

「僕には記憶がないな」

「物心がおつきになった頃には、嘉槻さまは同行されなくなったからです。学校へ行ったり、祥風堂へ入ったりしたでしょう。あの方々は、主さまをまったく鬼とも思わず……、本当に気安くこき使っていましたねぇ。それが主さまには心地よかったのでしょう。長く、人とは交わらずにきたものですから」

「あぁ、小さい頃の嘉槻さまと言えば……。それはもう大福のような頬をしていて」

影月が口を挟み、自分の尻尾を抱きしめる。

「ちょっとかじってしまったこともあります～」

「え……」

思わず片頬に手のひらを押し当てると、影月の小さな瞳がまん丸になる。

「だいじょうぶです、だいじょうぶです！　噛みちぎったわけじゃないです～」

「……そっか」

嘉槻の頬には傷ひとつない。淫呪をかけられて負傷したときについた傷も、回復する過程ですっかり消えてしまった。

「忘れ形見だから、大事にしてくれているんだろうね……」

ぽつりとつぶやくと、雪白の尻尾がいっそうふさふさに膨らんだ。

「え？　大事にしてました？　山での修行は地獄のようでしたよ」

「嘉槻さまだから耐えられたようなもので。あんなことをよくもまぁ、惚れた相手に……ぐ……」

雪白の尻尾で叩かれ、影月が仰向けに倒れる。嘉槻はよく聞き取れず、問い直したかったが、ひとしきりの追いかけっこが始まってしまう。

しばらくすると、管狐たちはぜぃぜぃ言いながら折り重なった。

「なんでも嘉槻さまが決めていいんですよ。遠慮なのか、罪悪感なのか、それとも、べつのことなのか」

雪白の身体の下から抜け出た影月が嘉槻の手にすり寄ってくる。尻尾が手首に絡みつく。

ひんやりとした肌触りを感じながら、嘉槻はため息をついた。管狐たちの毛並みは夏に涼しく、冬に温かい。

「僕が、決めるの？　それはおかしいじゃないか。青柳にも気持ちはあるだろう。これまで、くちづけしかしなかった。なのに、あれからずっと続いて、でもまた……」

「ははぁん……。わかりました！」

雪白が後ろ足で立って高らかに宣言した。

「嘉槻さまは、主さまの『本気』を疑っておいでなのでは？　わかります、わかります。なんだって、秘密の多い方ですからね。でも、本気ですよ？」

「……本気？」

「そうそう、遠慮でも罪悪感でもなく、大真面目(おおまじめ)です」

影月も話に加わり、嘉槻はますます混乱させられる。

二匹は肝心なところを語らず、上機嫌に続けた。

「嘉槻さまも、ご成長で」

「喜ばしい限り」

ふさふさの身体をぴょんとひるがえし、管狐たちは縁側を跳ね回る。すばしこい動きは目で追えず、嘉槻は後ろ手で身体を支えながら夏の庭へ視線を転じた。

山を覆う雑木林に囲まれ、緑以外には見えるものがない。

鮮やかな百日紅に夾竹桃、木槿の手前には芙蓉が咲き、桔梗の背丈は伸びている。緑濃い雑草に覆われているように見えるが、その野趣こそが青柳の好みだ。

嘉槻の薄いくちびるから、たまらずにため息がこぼれ落ちる。青柳への怒りではなく、自己嫌悪の証左だ。

一昨昨日の夜、怒ったそぶりで青柳の誘いを断ってしまったことを悔やみながら、くちづけだけを交わした、この二日間を思い出す。

さりげなく触れるだけに戻ってしまったやりとりは、思い出すだけで胸を刺す。

したくないわけではない。

いっそ、して欲しい。

言葉にできない青柳への想いは嘉槻の胸に吹きだまり、庭の夏いきれのようだ。光にさらされ、熱を帯び、惑うように陽炎が立つ。

「どうなさった？」

跳ねていた影月がするすると肩へ登り、差し伸ばした嘉槻の腕を器用に渡る。その身体の上へ、雪白がひらりと飛び乗って、二匹は混然と絡まり合う。

「悪いのは主さまだけども、意固地はいけません」

「長引いてしまうと寂しいよ」

歌うような甘い声は、白と焦げ茶、どちらのものとも知れない。

てく。


「うん、ひとつですから」

「おふたりは、ひとつですから」

「なんだって、ねぇ……」

「主さまだって」

「嘉槻さまだって」


コロコロと楽しげに笑い、二匹はもつれ合ったままでころりと膝に落ち、縁側をさらに転げていく。


「主さまは豆腐屋を出たところです」

「嘉槻さまが好きな、ざる豆腐を持っておいでですよ」

曲がり角でぴたっと止まり、雪白は低く身を伏せ、影月は高く後ろ足で立つ。

「行ってさしあげてください」

「主さまが迷子になってしまいます」

「……道は知っているだろう。それに、鬼ならどこからだって戻って来られる」

嘉槻は眉をひそめ、苦笑を浮かべた。長引くと寂しいと言われたことが、遅れて胸に沁みる。

この二日間、寝室に蚊帳は吊られていない。

布団も距離を取って敷かれている。

飽きるとか、飽きないとか、そんなことがふたりの関係に存在することが嘉槻には悲しい。

　だから、胸を刺して沁みる、この想いの名前が知りたくなる。

　ひっそりと芽生え、根付いていく。それはふたりのあいだに許されるのだろうか。

　決めるのは自分なのかと考えを巡らせ、縁側からおろした足を引きあげる。雑木林の上に広がる夕映えに誘われ、居ても立ってもいられなかった。

「迎えに行ってくる」

　浴衣の乱れを手早く直し、玄関へ向かう。しゅるっと消えた影月が麦わらのカンカン帽を取ってきた。

「主さまほど長く生きている鬼は、心を取り戻すことがあります。失って鬼になったのに、また繰り返してしまう。どうぞ、迷子にならないように、人間のあなたさまが導いてください」

「……契約をするってこと？　帽子はいらない。もう夕暮れだから」

　雪駄（せった）を履いた嘉槻は身を屈める。影月の狭い額を指でこするように掻いてやった。

「迷いを終わらせるってことですよ」

「嘉槻さまのまっすぐ進む力が、主さまには必要なんです」

　影月の隣に雪白が並ぶ。ふわふわの尻尾が静かに揺れる。二匹はちょこんと並んで座り、嘉槻は見送られて玄関を出た。

　草が茂る中に一本通った小道をたどる。蝉はいっそう賑（にぎ）やかで、見あげた木々の枝はどこまでも重なっていた。

林の終わりにある木戸を押して、青柳が張った結界から外へ出る。

山合いの町は、静かな夕暮れの気配に包まれていた。元から人出の少ない通りをのんびりと歩き、竹垣や塀の向こうに見える屋根を見あげる。薄青い空と薄紅に染まった雲は、朝の涼しい中に咲く朝顔の汁を搾ったような色だ。

蝉の声に、遠く蜩（ひぐらし）の声が混じる。

嘉槻はふと道を逸れたくなって左へ曲がるべき十字路を右へ折れた。木塀が続き、子どもが母親を呼ぶ声が聞こえる。

行くあてもなく歩き、このまま迷子になってしまいたかった。

青柳を探して出てきたのに、巡り逢うことがこわい。

淫呪をなだめるための性行為だと言い訳しても、嘉槻の気持ちはもう別の場所にある。それは、はっきりしているはずだ。

頼久とどちらを優先するのかと聞かれ、答えるのを憚（はばか）ってしまったほど、青柳を選びたい感情に支配されている。けれど、これが淫呪によるものだと思えば苦々しい。

嘉槻は立ち止まり、絞りの兵児帯（へこおび）に親指をかける。ぐいと腰に落ち着けて、ため息を飲み込んだ。

自分の気持ちより、青柳の気持ちが問題だった。

知りたくて、知りたくなくて、ただ特別な場所を求めている。

日毎に募る欲望には果てがなく、身体を重ねない日が続けばいっそう肥大化していくようだ。青柳の優しさが、憎らしくてたまらないことがある。

夜中に目が覚めて規則正しい寝息を聞くと腹が立ち、くちづけのあいだ、まぶたを閉じないことにも苛立つ。

「どこまで行く気だ」

電信柱を過ぎて、背後から声がかけられる。嘉槻は気づかないふりで歩を進めた。

あんず色に変化していく空が美しく、胸を打たれたが、立ち止まらない。しかし、心では青柳に語りかけた。

こんな空をいつか、山の暮らしの中でも見た気がしたからだ。

見事な夕映えだけではなく、降るような流星群の夜も、朝焼けがまばゆい冬の朝もあった。この数年間、多くのものを共に分かち合ってきたのに、ふたりのあいだには越えられない一線が引かれている。

「家出をするなら、荷物ぐらい持ったらどうなんだ」

突拍子もないことを言われ、嘉槻はついに足を止めた。

振り向くと、青柳の片眉がかすかに動く。表情を消そうとして失敗しているのだ。手に豆腐の入ったビニール袋を提げ、部分的な絞り模様の浴衣を着た青柳が近づいてくる。

見あげるほどに背が高く、足も長い。けれど、浴衣はきちんとくるぶし丈だ。

「家出して、欲しいんですか？」

声は思いのほか硬質に響き、嘉槻は眉根を引き絞った。

目の前には青柳の肩があり、そこより上は見る勇気がない。

「……嘉槻。冗談だ」

悪かったと続きそうで、首を素早く左右に振る。

「いいんです。ここ数日、態度が悪かったのは僕ですから。家出はしません。そんなつもりじゃない。……ただ、夕焼けが、きれいだったから」

浅く息を吸い込んで、白地の浴衣を見つめる。青柳が口を開いた。

「まだ、怒ってるんだろう」

「……その話は、したくない」

頼久の存在を忘れるほどの快楽を思い出し、耽溺の深さが身によみがえりそうになる。初めての体位も新鮮で、もっと別の快感があるのかと考えてしまうことも恥ずかしい。

「もう何年も暮らしてきたのに、きみの機嫌をどうやって取ればいいのか……」

「ざる豆腐、買って来てくれたんでしょう」

「あぁ、いつもの店のやつだ。ネギと明太子を混ぜて、一杯やろう」

それが青柳の考えた『機嫌の取り方』だ。そう思うと、不器用さに笑いが込みあげてきて、胸の奥が熱くなる。

嫌な感情ではなく、温かいせつなさだ。

「……怒ったんじゃないんです」

一歩、二歩、青柳に近づきながら言う。

「頼久さんとどっちを優先するんだって、あのとき、青柳に言われて……。そんなことは考えたくもなかった」

嘉槻はうつむき、雪駄の先端で小石を蹴った。それが転がって、青柳の足に当たる。

一歩、青柳も近づいてきた。

「答えは、いつだって、きみの中にある」

「それは僕の答えでしょう。青柳の答えは、あなたの中にあるんです。僕にはわからない。

……あの質問は、淫呪をかけた相手に対する独占欲ですか？」

最後まで言い切った瞬間、身体中の肌が粟立った。毛が逆立ち、不安が溢れて叫びだしそうになる。

「や、やっぱり……いまのは、なかったことに」

あわてて訂正しようと振り回した手が掴まれる。

「いいんだ。……嘉槻。わかっていると思うけど、普通の鬼は人間の機嫌を取ったりしない。ざる豆腐を買ってきて、明太子をほぐして、ネギを刻んだりもしない」

「……淫呪のためにならば？」

手首に青柳の体温を感じただけで、嘉槻の頬は火照りだす。

「そうだ」

青柳は当然のように嘉槻の手を握った。

「きみは魅力的なんだ。淫呪は関係ない。気力や精力を吸いたいわけでもない。……それは大事だけど。違うんだ」

「……はい」

「いまの関係を壊したくないんだ。……帰ろう」

手を引かれ、嘉槻はよろめきながら一歩を踏み出す。

「青柳。それはつまり……、えっと、僕があなたの好みだってことですか」

「きみは？」

歩きながら肩越しに振り向かれる。笑った青柳は凛々しさの中にも甘さがあり、嘉槻の胸は高鳴った。

答えずにいると、青柳はまたふっと息を吐き出した。

「はっきりさせないほうがいいこともある。きみは術師で、俺は鬼だ。いつまでも一緒にいられるわけじゃない」

思わず歩みを止めそうになり、嘉槻は悟られないように息を詰まらせた。

得体の知れない衝撃に目眩がして、夕暮れが一気に色を失う。

当たり前のことを当たり前に言われただけだ。それだけのことが、こんなにも悲しくて、現実に打ちのめされる。

淫呪が人間の寿命を縮めても、延ばすことはない。青柳ほどの鬼であれば延呪も可能だろうが、嘉槻のほうに問題がある。一度かかった呪いは、呪い主の鬼が死ぬまで解けず、呪いの重複に人間の精神は耐えられないのだ。

「この呪いが、別の鬼のものなら……」

考えが口をついて出る。青柳が身体ごと振り向いた。嘉槻の口元を手で覆った瞬間、ざる豆腐の入ったビニール袋が道へ落ちる。

青柳は指を立てる。さらさらっと呪符の模様を宙に描いた。

その勢いに飲まれ、嘉槻は立ち尽くす。

強い風が通りを吹き抜けたが、ふたりの周りだけは半球体で覆われたように守られていた。

「めったなことを言うものじゃない。きみは、俺のものだ。だから、俺にだけ欲情するんだ」

周囲の気配をうかがいながら、青柳は身を屈めた。

砂利道へ垂直に落ちたビニール袋を拾いあげる。

「あぁ、豆腐が崩れてしまった……」

「どうせ、崩して混ぜるんですから」

ふたりでビニール袋の中を覗き、顔を見合わせて笑う。砂や小石が入らなかったのは、不幸中の幸いだ。

「いま、どうして結界を敷いたんですか」

嘉槻が問うと、青柳は眉ひとつ動かさず微笑んだ。

「逢魔が時だ。うかつな発言は魔を呼び寄せる。淫紋の刻まれた身体は熟れやすい。……いい匂いに釣られてくると厄介だ」

「考えるだけで、ぞっとします」

「だから、一緒に山を降りたんだろう。きみのためだ」

言いながら、背を丸めた青柳の顔が近づいた。くちびるが触れて、嘉槻は片足を引く。くちづけを返し、つま先立った。

「今夜は、蚊帳を吊ろう」

瞳を覗き込んでくる青柳の眼差しは色めいて悩ましい。

嘉槻は眩しく目を細め、浅く息を吸い込んだ。

「酒を、控えようかな……」

酔い乱れることを恐れてつぶやきながら、また手を引かれて歩き出す。

「遠慮せずに飲むといい。今夜は膝を痛めない格好で……」

「もう、あなたは……」

嘉槻は真顔になった。拳をどんと背中にぶつけると、青柳が声をあげて笑い出す。

「あの日は悪かったよ。きみが刺激的すぎて、歯止めが利かなかった。……鬼に理性を求められても困るんだけどな」

「あなたは普通の鬼とは違うでしょう」

大股に歩いて隣に並ぶと、青柳の歩幅が狭くなる。歩調もゆるまった。

「そうであって欲しいと、俺も思うよ」

答える声は静かに澄んで思慮深い。嘉槻の心は不思議なほど凪いで、いまの瞬間に限っては迷いも惑いもなかった。

雑木林が近づくほどに蜩の声が高くなり、空は夕雲に覆われて夜が近い。

青柳が古めかしい木戸を開き、嘉槻はただいまと口にしながら中へ入った。

＊＊＊

「青柳。今日は頼久さんと会ってきます」

昼食が済んだばかりの食卓で、箸(はし)を揃えて置く。ミニトマトと大葉をまぜた冷や麦はふたりで作った。

食事をしなくても、人間の気力と精力を餌に生きられる青柳は、申し訳程度の小鉢をつつき、昼間からの冷酒を傾けている。

その眉が嘉槻にだけわかる程度に跳ねた。

「ふたりで？」

「駅前通りの喫茶店です。人目はありますから」

嘉槻が言ったのは、いくつか先のターミナル駅のことだ。観光地がそばにあり、利用者が多い。店も揃っていた。

「つまり、付き添いは遠慮しろということだな」

「このあいだの不義理をお詫びしてきます。だから……」

うつむいた嘉槻は、くちびるを引き結ぶ。羽目をはずした日中の性行為を思い出した頬は羞恥に染まる。

ごまかすために耳へ髪をかける仕草さえ色めいた。

「しかたない。店の中へ付き合うことはよそう」

「……駅まではついてくるんですか」

「暑いからな。飛んでやってもいいが」

「それこそ人目につきます。姿を消せるのはあなただけですから」

「おまえごとだってやれる」

「けっこうです」

つれなく答えながらも笑いが込みあげ、嘉槻は小首を傾げながら視線を向ける。

「冷や麦、美味しかったです」

「また作ろう」

微笑みが返り、ふたりはしばらく静かに見つめ合う。開けた小窓から涼しい風が吹き込み、蝉の声が賑やかに響く。

青柳は浴衣をゆるく着付け、向かい合う嘉槻はきちんと衿を合わせて着ている。テーブルがこれほど邪魔に感じられることもなかった。

けれど、手を伸ばせば触れることができる距離にいられる。それだけのことに嘉槻の心は満たされた。


頼久を呼び出した喫茶店は、駅前の大通りをずっと進み、脇へ逸れた小道にある。地元の老人たちがモーニングセットを食べに来るような年季の入った店で、昼を過ぎてものんびりとした雰囲気だ。

古い歌謡曲がかかり、店主と客が楽しげな会話で盛りあがっている。夏生地の背広を脱いだ嘉槻は、額の汗を手の甲で押さえながら店内を見渡した。目が合った店主に対して会釈を返し、隅のテーブルに座っている頼久を見つける。

青いポロシャツをカジュアルに着こなし、爽やかに片手を挙げていた。

「すみません。お待たせしましたか？」

背広と風呂敷包みを奥の椅子へ置き、頼久の正面に座る。彼の手元には涼しげなアイスコーヒーが置かれていた。

「少し早く着いただけだ。それに、きみだって時間より早いんだよ」

そう言われてスラックスのポケットから懐中時計を取り出す。確かに、時計の針は約束の五分前を示していた。

「今日は、一緒じゃないの？　いつもの彼は」

からかうような表情を浮かべ、頼久はわざとらしく嘉槻の後ろを覗き込もうとする。もちろん、そんなところになにかが見えるわけではない。

「からかわないでください。今日は遠慮してもらいました」

「きみの自宅の結界は、うちよりもしっかりしているかもしれないね。二重か、三重か……。そのあたりを聞いてみたかったたな」

「やっぱり、わかりますよね」

「まぁ、この仕事が長ければ……。あれから、もう一度行ってみたんだ。入り口はどうしても見つからなかった」

頼久の言葉に、嘉槻はうっすらと微笑んだ。

注文を取りに来た店主にアイスティーを頼み、カウンターへ戻っていく背中を見送ってから視線を戻した。

「ぼくに確認させたかった、ってことでいいのかな」

いつも通りに穏やかで陽気な口調だ。おどけた中にも慎重さがあり、本家の嫡男として育ってきた彼の気苦労も垣間(かいま)見える。

「なにか……、気づいたことでも……？」

冷静さを装う嘉槻は、膝の上で拳を握る。開襟シャツは半袖で、華奢な腕がすらりと伸びていた。

「……外の結界は術師の敷くものによく似ていた。けど、内側のものは違っていた。どこかに封印があるかと探してみたけど、力不足だね、見当たらなかった」

「そうですか」

運ばれてきたアイスティーを前に、嘉槻は小さく息を吐いた。

聞きたかったことは、そんな技術的なことではない。あの日、廻り縁側に囲われた部屋の中を見たかと問いたかったのだ。

しかし、頼久の答えは生真面目で、照れもなければ嫌味もない。見たとしても、言わないだろう。それが頼久の性格だ。

「お借りしていた文献を持ってきました」

隣のイスに置いた風呂敷包みを引き寄せ、食器の上を通らないようにして差し出す。

「あぁ、うん。ぼくも持ってきてはいるんだけど、その前に少し、聞きたいことがある」

「……はい」

なにを言いだされるのかと、嘉槻はにわかに緊張した。

「きみと一緒にいる、あの人……。雰囲気は野良の退魔師によく似ているけど……、そうじゃないね」

頼久は言葉を選んでいる。そして、嘉槻の表情から答えを読み取ろうとする眼差しは真剣そのものだ。

「つまりさ……、きみが本家から見捨てられた件。あの原因を作ったのは彼だろう」

「……僕からは言えません」

「そうか。じゃあ、ぼくははっきり言おう。彼は『鬼』だ」

断言されることは、断罪に似ていた。

ばしっと空気が引き締まり、嘉槻は責められているような心苦しさを感じる。

「きみから頼まれた文献……、鬼の呪いについては、ここにある。それとは別にこっちを見つけた」

そう言って頼久は一冊の薄っぺらい和綴じの冊子を取り出した。呪術に関わる書類はすべて和紙に毛筆で書かれている。独特の崩し文字を使い、知識がなければ読むこともできない。

「これ、なんだと思う」

頼久が開いた頁は上下二段に分かれ、びっしりと細かな文字がつづられている。さっと目を通した嘉槻は、崩し文字の中に両親の名前を見つけた。

「……頼久さん」

かすかに手が震えて、じっと見つめ返す。

ふたりの退魔師が亡くなった顛末と、やむを得ず門弟をひとり見放したことが書かれている。

「持ち出したことがバレたら、ただじゃ済まないだろうけど……。まぁ、いいさ」

頼久は静かに目を伏せて、文献を押さえていた手を離す。

「祥風堂の日録だよ。普段の仕事じゃなくて、鬼に関係する案件のね。……読めた？　わからないところがあれば……」

頼久の気づかいは無用だった。青柳に教えられているので、よほど癖のある文字でなければ読むことができる。

祥風堂の文献はどれも文字が美しく整い、解読しやすい部類だ。

隣のイスに移った嘉槻は、焦る気持ちを抑えて文字を追った。

見守る頼久がたわいもない話をして沈黙を埋める。

「いままでの事案を検証することも勉強の一環だと言われているから、ぼくは自由に読める。だから、読む分には責められることはない」

「わざわざ持ち出してくださったんですか……」

うつむいたままで、嘉槻は問いかけた。話しながらでも内容は頭に入ってくる。これまで疑問に思っていたことの答え合わせのようなものだ。

「きみは読むべき人間だ。それに、祥風堂には説明する義務がある」

頼久は背筋を伸ばし、正義感の強い眼差しで嘉槻を見た。

「でも、淫呪にかかったきみを、排除するしかなかったことも事実だ」

「恨んではいません」

嘉槻は即答した。組織には規律に従って決断しなければならないときがある。

「この日から六年間、彼と一緒にいたんだろう」

冷房が強くかかっている店内で、ふたりは真剣な視線を交わし合う。質問の意図を理解している嘉槻は静かにうなずいた。

祥風堂の記録であっても、真実のすべてがつまびらかになっているわけではない。都合のいい嘘も混じっているだろう。しかし、あり得ないと一蹴することもできなかった。

嘉槻の記憶も定かでなく、抜け落ちているところは多い。

両親が殺された日。嘉槻は彼らと一緒にいたのだ。

小さな結界の中にひとりで隠れていたが、強引な力で破られ、絶望と恐怖と暗黒が支配する世界へ引きずり込まれた。そこから目覚めたとき、嘉槻はすでに淫呪をかけられていたのだ。

思い出そうとすると身体が震え、ぐっと奥歯を噛みしめる。

記憶に残っている禍々しさを思い出した瞬間、数日前の夕暮れがよみがえった。あんず色の夕暮れだ。青柳はなにかの拍子に小さな結界を張った。あれは、嘉槻の気配を隠すためのものだったかもしれない。

嘉槻は息を整え、頼久を見た。

「そうです。彼に救われて、彼の元で修行を積みました」

「……彼はよほど腕に覚えがあるんだな。鬼とわかれば、退魔師が派遣される。それも知っていて、きみと山を降りた。……淫呪は彼のものじゃないだろう」

ひと息おいて、頼久は長い髪を結び直す。

「どうして、そう思うんですか」

「普通の鬼は、そんなことをしないからだよ。それにさ……、彼を見ていればわかる。これは、嫉妬なんだよ……」

「え？」

思いがけない言葉に、首を傾げる。頼久は照れ隠しに声をあげて笑った。

「ぼくにとって大事なのは、彼がかけた呪いかどうかじゃない。……嘉槻、きみは、彼のことが……好き？」

「……え？」

言われた瞬間、身体がびくっと硬直した。手が跳ねて、テーブルの上のグラスを弾き飛ばしそうになる。

　自分の腕を押さえながら呆けた目を向けると、斜め前に座っている頼久は、驚いた表情から痛みをこらえるような表情に変わって眉をひそめた。

「ぼくからは、きみが淫呪をかけられているのかどうか、わからない。……かかっていないといいなと思うけど、記録にも残されているし、事実なんだろう。でも、ここに記されている鬼と、彼は違う存在だ。鬼は封印されたと書いてあっただろう？　もしも彼と同一の存在なら、祥風堂の記録に嘘があるということだ」

　それはあり得ないと、頼久は濃い眉をひそめた。

「呪いは本当だよね？」

「……ええ」

　嘉槻はうなずき、そのままうつむく。髪がさらさらと流れて、視界が翳る。

「じゃあ、きみの淫呪を押さえているのは彼だ。呪い主は別の場所にいる。あぁ！」

　いきなり大声を出した頼久に対して顔を上げると、素早く手のひらを見せられた。

「思い出したらダメだ。思い出さないで。すっかり、忘れてた。申し訳ない。きみの読みたがっていた文献に目を通した。そこに書いてあったんだ」

　早口になった頼久は、真剣な眼差しで射抜くように嘉槻を見る。

「淫呪は、離れていても呪い主の栄養になる。きみが勘違いしているとしたら、それはいいことなんだ」

「どういうことですか」

「きみと一緒にいる彼に悪心がないなら、だけど。つまり、淫呪をかけられて増幅する気力を、別の鬼が摂取しているうちは心身の均衡が取れるらしい。でも、それが崩れたら、きみは壊れてしまう。……あと、もしも呪い主が封印から解き放たれたら、すぐに居場所が知られる。さっきの記録は妙なんだ。場所の記載がなかった。本来なら封印一覧にも載せるべきなのに、そこにも載っていない。照らし合わせれば間違いがわかるんだろうけど、まだそこまでは時間がなくて……」

「……すみません。いきなりのことで、頭がついていかない」

「うん、そうだろう。ぼくにも、どうなっているのか……。鬼は退魔師の管轄だからね。でも、伝えておきたかったんだ。大事なのは、きみだから。いま一緒にいる相手を好ましく思っているなら、それでいい。もしも、そうでないなら、きみを祥風堂へ戻したい」

「それは……、どういう……。嫡男として責任を感じているんですか。頼久さんには関係のないことだ」

「いや、関係はある。きみの友人だからと言いたいけど、正直なところは正義感だ。本来なら管理されるべき鬼の記録が不完全なんだよ。たとえ、外部の人間がおこなったとしても、わかる範囲で記録には残す。いつ、どこから依頼として回ってくるか、わからないからね。退魔師ふたりがかりでも封印しかできなかった鬼なら、力は相当に強い。いまの状況では、定期的な封印儀式もされていない状況だろう。心配なんだよ……。彼は、きみを守ってくれる男か」

頼久は熱心だ。しかし、下心のような淀んだ感情は見えない。ただまっすぐに向けられる正義感に、嘉槻はくちびるを引き結ぶ。

すばやく一度だけうなずいた。

「彼は特別な存在です。両親の友人でもあったし、僕は信用している。これを見せてもらって、彼に対する誤解も解けた。……ありがとう」

「その笑顔に弱い。夏合宿のことを覚えているかな？　きみは通いだったね。ぼくが迎えにいって、送っていって……。手を繋いで歩いたよね」

そう言われても、すぐには思い出せない。頼久は懐かしそうに目を細めた。

「あの頃のきみの右頬には小さな傷があった。きみの両親は、ネズミに噛まれた傷だって笑ってたけど、ぼくは腹が立って仕方がなかった。いまでも思い出す。守りたかったんだ」

頼久に言われて、嘉槻は静かに目を伏せた。忘れていた傷が、幼馴染みの記憶も呼び起こす。夏の強い陽差しを避けて日陰を選び、飛び跳ねるようにして歩いていた。話し上手で明るくて優しい少年。それが頼久だ。家から持ってきた薬を頬に塗ってくれたこともあった。

「この傷も悪くないって、そう言ったのは……ヒサくんだ」

いまはもうすっかり傷の消えてしまった頬に指を当て、嘉槻は目を細めた。遠い日が懐かしく、胸の奥が温かい。

傷が原因で結婚できないことがあれば、ぼくのところへおいでねと幼い友人は言ったのだ。

「もうすっかりないいんだね」

頼久の口調の裏には、淫呪を示唆する響きがある。嘉槻は黙ってうなずいた。

「ぼくは、一度ならず、二度もきみを救えなかった。そういう負い目は感じているんだ。さっきも言った通り、記憶を追うのは避けて……」

言いながら日録を片付け、別の文献を取り出した。

「これは、頼まれていたほうだから」

嘉槻が返した包みの、風呂敷だけを取って一緒に渡される。

「……本当に、無理を強いられてはいない？」

「違います」

風呂敷で包み直しながら、嘉槻は笑って答えた。

「だから、良かったんです。本当のことがわかって」

「いや、決まったわけじゃないんだ」

頼久は面白くなさそうにくちびるを尖らせ、アイスコーヒーのストローをつまんだ。

「好きなの？」

上目づかいにもう一度尋ねられ、嘉槻は口ごもってうつむく。熱く火照る頬は、手の甲で押さえても収まらない。

「……頼久さんはだれかを好きになったことがありますか」

「はー、あー、そっか。嘉槻は、そっか……、なんにも知らないで。……あの男、最低じゃないか」

「いえ、そんなことは」

　悪く言われたことに対して過敏に反応した嘉槻は眉を吊りあげる。

　テーブルに頬杖をついた頼久は、ふふっと笑ってアイスコーヒーを飲んだ。

「単なる情なのか。それとも恋なのか。それはきみが決めたらいいんだよ」

「でも……」

「ぼくに決められても、嬉しくないだろう？　決めたっていいけど、ぼくは断然、単なる情だと思うから……」

「わかりました。自分で決めます」

　真剣な顔で言い返して、ふっと笑みをこぼす。

　脳裏に青柳の面影が浮かび、それだけで胸の奥がふつふつと温かい。もしかしたら、約束を破ってそのあたりに潜んでいるのではないかと思えてくる。

　いつも嘉槻を心配して、どこへでもついてくるのに、肝心なときまで姿は見せない。優しさと思いやりが両親に対する友情からだとしても、蚊帳の中で抱き合うことは優しさでも思いやりでもない。もっと違うものだ。

アイスティーを引き寄せた嘉槻は、ストローをくるっと回す。沈んだ氷の動きを目で追いながら、淫呪は自分がかけたと嘘をついた青柳を思い出した。

そうすることで、記憶をすり替えたのだ。

「答えなんて、決まっているんだよ」

頬杖をついた頼久が眩しそうに目を細めた。

「なんだってね、恋に落ちたときにはもう遅いんだ」

斜め向かいに座った嘉槻は、取り澄ました表情で小首を傾げる。

恋と言われてときめきが生まれ、膝に置いた手のひらが汗をかく。ひっそりとしめやかに、心が言葉へ追いついていくようだ。

青柳への気持ち。それはもう、そういうことなのだろう。

「……うん」

長いまつげを伏せて小さな声でうなずくと、頼久はどこか投げやりにため息をついて顔を背けた。

カランコロンとドアベルが響き、新しい客が店の中へ入ってくる。

「あ……」

頼久が素早く嘉槻を振り向いた。

「今の話はいっさい口にしないで」

早口で言ったかと思うと、テーブルの上に視線を走らせる。ふたりが陣取っているテーブルのそばに、店へ入ってきた客が立った。

髪をきっちりと撫でつけた黒背広の男だ。

「お迎えにあがりました、頼久さん」

神経質そうな顔立ちをした中年だが、口調や物腰はやわらかい。高くもなく低くもない声は、ざらりとして聞こえた。

頼久は気安い視線をはずし、腕に巻いた時計を確認しながら眉をひそめて言う。

「まだもう少しあるじゃないか。わざわざ店に入ってこなくても……」

「お友だちと会うという話でしたが？」

男の視線が嘉槻へ向き、頼久の表情が硬くなる。

祥風堂の人間だと言うことは、ふたりのやりとりから想像がつく。

嘉槻が会釈を返す前に、男が軽く頭をさげた。

「顔を合わせるのは初めてですね、渕ノ瀬嘉槻くん。鬼束邦明と申します。ご両親とは共に修行を積みました。本家の判断に不満がおありでしょうが、どうぞご容赦を」

「……いえ。こちらこそ」

立ちあがろうとした嘉槻を手のひらで制止して、邦明はにっこりと微笑んだ。

「嘉槻くん、いや、嘉槻さん。きみも将来はご両親と同じ道を？」

「……まだ決めかねています。まずは封印師としての腕を磨きたいと思います」

座ったままで答えた嘉槻は、本当のことを言えなかった。

邦明は分家筋の術師だが、祥風堂では二番手の封印師だ。

「謙虚ですね。実力は噂に聞こえています。頼久さんも勉強になることが多いようで……」

「わかったよ、邦明さん。もう行こう」

話を遮った頼久が立つ。荷物を手にして伝票を掴み、金を払おうとする嘉槻に首を振った。

「今日は払っておく。今度はきみのおごりでね」

「では、ここは私が……」

邦明が、さっと伝票を抜き取る。そのままレジスターの置かれているカウンターへ向かっていく。

「……頼久さん、今日はありがとうございました」

イスのそばに立ち、頭を下げようとしてやめた。もっと気安い見送りがしたくて、肩をすくめながら笑顔を向ける。

「いいんだよ。友だち……だろう？」

確認するように問われ、嘉槻は素直に「はい」とうなずく。

「うぅん……おかしいな。ぼくはきみと結婚するつもりでいたのになぁ」

ふざけて笑う顔は陽気で、彼の気持ちのいい性格がよく表れている。嘉槻は笑いながら首を左右に振った。

「残念ながら、そういう縁はなかったみたい」

「……冷たいんだなぁ。じゃあ、また」

軽快な仕草で手を振られ、つられた嘉槻も肩のそばで手をひらめかせた。

邦明に促されて出ていく頼久を見送ったあとで、その手のひらをじっと見つめる。

嘉槻は崩れ落ちるようにイスへ戻り、吐息を転がしながら胸を押さえた。

じんと痺れて腑に落ちる。青柳の顔と同時に浮かんでくる言葉は『恋』の一文字だ。

そうして、しばらく動けずにいると、また店内にドアベルが鳴り、新しい客が入ってくる。

サラリーマン風の数人に続いたのは、灰色の夏背広を着た青柳だ。嘉槻の座っている席まで一直線に近づき、いままで頼久が座っていた椅子に腰かけた。

「……話を聞いていたんでしょう」

胸を押さえたままで尋ねると、イスの背に腕を伸ばした青柳は、涼しげな口元をかすかに歪めた。

「隠れて？　そんなことはしない」

そっけなく言いながら嘉槻を見つめ、舌の根も乾かぬうちに言をひるがえす。

「……きみの決断の答えは、いつ聞ける？」

「やっぱり聞いていたんじゃないですか」

あきれるのも忘れて、漆黒の瞳に魅入った。イスから背を離した青柳がテーブルの上に手を伸ばす。手を開き、嘉槻の指を呼ぶ。ためらいながら従うと、血の通った熱い肌に指先が包まれた。

「真実を知ってしまったな」

「僕の想像通りです」

青柳の手を握り返しても、身体は震え出しそうになる。頼久といたときには感じなかった怯えを青柳に預けて、嘉槻は浅く息を吸い込んだ。

「きみの淫呪を暴走させた石があっただろう。あれの大元が、呪い主を封印している要の岩だ。場所は俺が探している」

「あなたは、秘密が多い」

狭い喫茶店の片隅で恥じらいもなく手を握り、やがて席を立つ。

外へ出ると残暑厳しい陽差しがまぶたを射るように熱かった。嘉槻に影ができるように立った青柳が身を屈める。

まわりに人がいないことを確かめて、額にくちびるが当たった。

「……青柳」

「うん?」

「やっぱり、あなたは両親を殺した鬼じゃない」

「救えなかったのだから、非はある」

まっすぐな眼差しを向けられ、手を繋いだままの嘉槻は驚いた。たまらずにつま先立って、背広と風呂敷包みを持った手で青柳の肩を掴む。

引き寄せるようにしながら、くちびるを重ねる。肉厚な下くちびるを吸って離れ、うつむきながら吐息を転がす。

「あなたの答えだって、僕は聞いていない」

「なんの答えだ」

問い返されて、顔を背ける。自分からくちづけしたことが、いまさらに恥ずかしくて、青柳の肩を押し返した。

「ぼ、僕を、鍛えている理由……とか。親の仇を討たせるためなら……」

「嘉槻。それは違う。もしものとき、きみが自分自身の身を守れるようにだ。情に溺れて手を出したことは謝る。こらえ性のないのが鬼の特性だ」

「そんなことは理由にならないでしょう」

「謝ってもだめか」

「……だめです」

答えながら、嘉槻はまたつま先立つ。どうしても触れたくてたまらず、手荷物で顔を隠して身を寄せる。

「嘉槻……」

名前を呼ばれて身体が震え、頭の芯が冴えた。こわいものは、なにもない。たとえ、淫呪が別の鬼からのもので、いつ封印を弾いて襲ってくるのかわからないとしても、やすやす手籠めにされるほどか弱くはないはずだ。

嘉槻に自信を与えているのは六年間の厳しい修行生活だった。

「あなたに、悪かったなんて言われたくない。……僕だって、べつに……そんな理由で……してるわけじゃ……」

言うたびに頬が熱くなり、視線が泳ぐ。嘉槻はかかとをおろして胸を押さえた。息さえ苦しくて、一歩あとずさった。

「きみはずいぶんと大人になったな。待った甲斐がある」

青柳の声は穏やかで、からかうような軽やかさの中に甘い感慨が潜んでいる。嘉槻はわずかに震え、抱き寄せられたい欲望をこらえた。

小道の入り口から親子連れが歩いてきて、ふたりは道を譲る。

背広を腕にかけた嘉槻の肩が、青柳の胸に触れた。そのとき、耳元で声がした。

「きみが、好きだ」

意表を突くほどの率直さに、嘉槻は言葉の意味を理解できなくなる。呆然と青柳を見上げ、肩の向こうに広がる空に秋の気配を感じた。

「これ以上、きみといたら、本当に分別がつかなくなる」

「……待って」

ハッと息を飲んで、背広と風呂敷包みを落とした。青柳の背広の襟を掴む。引き寄せるには重く、嘉槻は自分から身体をぶつけていく。

「分別って、なんですか」

「……俺は、きみを見送りたくない。だから」

「言い訳に聞こえます。青柳の言うことは、いつもそうだ」

「それは申し訳ない」

嘉槻の手を優しくほどいて握り、青柳は長身を屈めた。砂利道に落ちた背広と風呂敷包みを拾いあげる。

「見送るって、どういうことですか」

「……どうあがいても、きみは先に死ぬ。俺は取り残される。……きみより先に逝かせて欲しいんだ。それなら、分別はあるほうがいい」

「あなたの考え方はわからない」

「それは仕方がない。生きてきた長さも、犯した罪も、夜に見る夢も別々だ。そういうものだよ、嘉槻。たとえ人間同士であっても、同じ感情では生きられない」

「……さびしいことを」

「だから、謝っただろう」

手荷物をかかえ、青柳は子どもをあやすように微笑む。嘉槻は息をひそめた。情の深さが目に見えるようでせつない。

もう抜き差しがならないほど好きになっていると、喉元までせりあがってくる言葉に胸が揺さぶられた。

涙が溢れて、頬を転がり落ちていく。

「きみに、好きになってもらいたい。そう思うよ。でも、殺してくれと、そのあとで言うことになる。……だから、このままでいよう」

繋いだ手を持ちあげ、嘉槻の濡れた頬を指で優しく拭う。

「きみのことは守る。呪い主もかならず仕留めよう。……そのための俺だ」

はっきりとした宣言はいさぎよい。だからこそ、ふたりのあいだに線が引かれる。

人間と鬼の定めだ。短命なのは人間の宿命で、もしも延命の呪いにかかれば、そのときから人ではなくなってしまう。それを青柳は望まない。

隔たりを越えて飛び込むには、恋を知り始めたばかりの嘉槻の心は幼すぎた。

しかし、恋心はもうすっかり彼のものだ。想いを通じ合わせたあとで死を望まれることは辛い。口にするほうはもっと苦しいだろう。

彼の気持ちがわかりすぎてしまう分だけ、嘉槻は立ちすくんだ。

＊＊＊

庭に萩の花が咲きこぼれ、秋風が空に薄雲を刷く季節になる。

嘉槻と青柳の暮らしは相変わらずだ。

恋と知った感情を胸に抱えながら、淫呪を言い訳にした触れ合いが続いている。

封印師の仕事は妨害を受けなくなり、頼久に手伝いを頼まれることのほうが増えた。

頼久は良い友人であろうとふるまい、そんな相手を嘉槻も信用している。もちろん『青柳の次に』だ。それをことあるごとに口にしたからなのか。青柳から嫉妬めいた横槍が入ることはもうない。

「はぁ～、真っ白。真っ白ですねぇ～」

台所のテーブルの上に乗った雪白が、ふさふさした尻尾をしっかりと抱え、うっとりと首を傾げる。眺めているのは、嘉槻が団扇で扇いで冷ました月見団子だ。

上新粉をこねて丸め、大鍋でゆでたものをざるに広げてある。

「影月もおいで。みんなでひとつずつ味見をしよう」

声をかけると、姿を消していた焦げ茶色の毛並みが、重さを感じさせずに嘉槻の背中を駆け登ってきた。

木綿の着物に白い割烹着をつけた嘉槻は、管狐たちにひとつずつ団子を渡す。多めに作ったので、三方に飾ってもまだたくさん残る予定だ。

「うん。おいしいね」

丸く小さな団子はほんのり甘く、ついつい、もうひとつと手を伸ばしたくなる。

「あとで食べよう」

団子を丸呑みしても平気な管狐たちを笑い、嘉槻はパラソル型の蠅帳を引き寄せてざるの上にかぶせた。

「日が暮れる前に、ススキを取りに行かないと」

台所を出て縁側へ向かうと、管狐たちに呼び止められる。

「嘉槻さま。ハサミを」

「念のため、念のためッ」

ふたりがかりで運んできた花切バサミを受け取り、縁側から庭へ出る。

秋の七草が風に揺れ、傾いた日が差す。今日は中秋の名月だ。今年も一緒に月見をしようと言いだしたのは青柳なのに、手伝うこともなく廻り廊下にも姿がない。

「僕がひとりで出かけると機嫌が悪いのにね……。自分はふらっといなくなる」

「……おいでですよ」

嘉槻の右肩へ駆け登った雪白が言った。

「どこに？」

嘉槻が首を傾げると、もう一方の肩に乗っていた影月がぎゅっと押しつぶされる。

「狭いです～！」

「あぁ、ごめん」

ぐいぐい押し戻されて、嘉槻は笑いながら謝った。影月は怒るでもなく、嘉槻の頬にすり寄って言う。

「今夜は中秋の名月ですからね。主さまはたぶん……」

「お加減が悪くて眠っていらっしゃる」

「え？」

寝耳に水だ。驚いたが、肩に乗っている管狐たちとは、目を合わせることができない。

「今年は髪が伸びるだろうね」

影月の言葉は雪白へ向けたものだ。その雪白は、割烹着の袖をするると伝って手首へ巻きつく。それを眺めた嘉槻は踵を返した。

「加減が悪いって、調子がよくないってことだろう。酒でも買いに行ったのかと思ってたよ。……様子を見てこよう」

「いやいや、いまはまだ」

「お月見の用意が済んでからで」

二匹はまるで心配せず、月見の用意を促してくる。嘉槻は眉をひそめた。

「そうはいかないだろう。雪白、様子を見てきて」

片手にススキを持ち、もう片方の手を差し伸べる。

「承知、承知」

手首からしゅるっと飛び出した雪白は、一瞬で見えなくなった。

「青柳の具合が悪いなんて、初めてじゃないかな」

気がつかなかったが、寝室にしている和室の障子はぴったりと閉まっている。青柳はそこに籠もっているのだ。

途端に心配が募り、そわそわと落ち着かなくなる。

「……嘉槻さまが読まれている文献には、鬼の発情期についての記載がないんですね」

「いま、なんて?」

そんな言葉は初耳だ。

「鬼とつがいになった人間は希有だから仕方のないことですね。昔は、御伽草子(おとぎぞうし)あたりに載っていたんですけど」

「影月、詳(くわ)しく聞かせて」

「かまいませんけど、月見の用意はしてくださいね。大事なことなので」

促されて台所へ戻ると、影月はしゅたっとテーブルへ飛び乗った。

山に籠もっているときから、十五夜の月見を欠かしたことはない。しかし、団子を作って飾るようになったのは二年前のことだ。

「主さまはもうずいぶんと長い間、だれとも交わっていなかったんです。それが、今年、念願を果たされた」

「……言い方、気をつけて」

嘉槻は恥ずかしくなり、影月へ背を向けるようにして花器を引き寄せた。

青柳が選んできたのは、重心が低く角張った壺だ。深緑色で、釉薬のかかっていない部分はざらざらとしている。

「縁側に持っていってから挿そう」

ひとりごとをつぶやき、影月をチラリと見た。

「それで？　僕とそうなったから、発情期が来るの？」

「その通りです。鬼の繁殖期は十五夜から十三夜までなんですけど、主さまは元が人間の『高等鬼種』ですから鬼を孕ませることはできません。代わりの発情期というわけです」

「なにが代わりなの……」

「それはよく知りません。でも、繁殖期を迎えた異形の鬼と交わった者は異形の子を、発情期を迎えた高等な鬼と交わった者は合いの子を孕みます。あ、でも……。嘉槻さまは男性だから関係ないですね。……繁殖期の鬼は性の区別なく種をつけますけど」

「え……。いま、こわいことをさらりと言ったね」

「だから、気をつけてください。それ、繁殖する鬼ですからね」

後ろ足で立った影月は、半円の小さな耳を小刻みに動かし、つぶらな瞳をキラリと輝かせる。

それ、とは嘉槻の太ももに刻まれた淫紋の呪い主のことだ。青柳のような高等鬼種ではなく、本能で行動する異形の鬼だと言いたいのだろう。

「昔話でときどきある、なかなか生まれてこない胎児は発情期の高等鬼種の子種ですよ。髪が生えたり、歯が生えていたり、そういう話、聞きませんか」

「……ごめんね、聞いたことがないな」

「それは勉強不足ですね。祥風堂の文献もあてにならないし、困ったものです。……嘉槻さま、今夜は特別な一夜ですよ。早々に潔斎(けっさい)されて、あまり腹に食べ物を入れないように」

「影月……」

「はい」

小さな生き物はただ愛らしいばかりで、つぶらな瞳からも表情は読み取れない。

「今の話、僕は聞いたこともない。青柳も言わなかった」

「主さまは気を使っておいでなのです。お加減も日が落ちて月が昇る頃にはよくなります。男同士であれば孕むこともないですし、今夜は是非にもお相手を……」

「え。あ、あの……」

「どうぞよろしくお願い致します」

テーブルの上に膝をついた影月が深々と頭を下げる。しかし、小さな身体では、うずくまったように見えるだけだ。細い尻尾がパタンと一度だけテーブルを打つ。

嘉槻は羞恥に戸惑い、あとずさる。そのとき、廊下に呼び声が響いた。

「影月、影月、影月ぅぅぅ……っ」

どったんばったんと激しい音が廊下に響き、文字通り転げてきた雪白が台所の廊下に伏せった。あちこちの壁にぶつかってきたのだろう。はぁはぁと息を乱し、起きあがろうとして力尽きる。

「大事なお話をしていたところだというのに！　おまえときたら！」

テーブルの端を掴んで身を乗り出した影月が憤慨する。

「……主さまの髪が伸びておいでだ」

ごろんと仰向けになった雪白が言う。短い手足が上を向き、やわらかな毛並みの腹があらわになる。

「おおお！」

影月はひらりと床に飛び降りた。

「やはり、やはり！　嘉槻さまとの相性はよいと見える」

相棒を抱き起こし、嘉槻を見上げた。

「今宵はどうぞ、年に一度のこととあきらめて、主さまのお相手をお願いします」

「お願い申しあげます」

影月に抱き起こされた雪白が小さな手を胸元で重ねる。やはり、愛くるしいばかりの仕草だ。

しかし、嘉槻はその場に膝をつき、用心深く二匹へ尋ねた。

「そうしないと、青柳になにか不利益が？」

「いえ」

影月が一度だけ首を左右に振った。二匹は並んで立つ。

「発情期は、主さまの快感が深いのです」

「いつもの何倍にも」

つぶらな瞳は、それがなによりも大事なことだと告げてくる。真摯に、真面目に、真剣に。

嘉槻はたじろぎ、返す言葉をなくした。

「……それ、だけ？」

ようやくのことで声を絞り出したが、二匹は意にも介さない態度で同時にうなずく。

「はい。思い出深い十五夜になるかと思います」

「嘉槻さまにとっても」

歌うように言われて、くらりと目眩を覚える。

台所の窓の向こうは暮れ始め、夕焼けの色が木々を染めていた。

ふたりが繰り広げる痴態は、どこまでいっても想いを通じ合わせた情交にはならない。性欲を晴らすために肌を重ねているだけだ。

それは薄々、気がついていた。青柳が線を引くからで、嘉槻もそこを越えてはいけないと思う。しかし、求め合う互いの心はごまかしようがないほどあきらかだった。

だからこそ、越えられないのだと、空に昇った月を見つめて嘉槻は思う。

廻り縁側に面した庭には台が置かれ、月見団子を載せた三方とススキを投げ込んだ壺が並んでいる。夜風の中に涼しげな虫の音が混じり、本当なら、毎年と変わらない穏やかな月見になるはずだった。

浴衣の衿を指で押さえ、嘉槻は庭を眺める。

月明かりに照らされ、秋の草花は穏やかな風情だ。騒ぐのは嘉槻の胸ばかりで、すべてが青柳次第なのだと実感する。

肩にかけた丹前を引き合わせながら、こぼれ落ちそうになるため息をこらえた。浴衣は白地で、紺の麻の葉模様が染められている。

管狐たちから念入りに潔斎して欲しいと頼み込まれ、いつも以上に米ぬかの袋で身体をこすった。その行為は、まるで生贄の準備のようで、思い出しただけでも笑いが湧いて、心が軽くなる。

閉じていた雪見障子が音を立てた。

嘉槻は驚かずに振り向く。揺らめくように出てきた人影は青柳だ。藤色に染めた総絞りの浴衣を着て、額をぶつけないように身を屈めていた。

その姿を見た嘉槻は、素直に目を奪われる。

いつもは首筋に沿っている短い髪が、今夜は腰に届くほど長い。やわらかな毛並みは艶やかに光り、まるで黒毛の馬のようだ。

精悍な顔立ちによく似合って、胸が騒ぐほどに凛々しい。

「……嘉槻。悪いな。こうもはっきり出るとは思わなかった」

「鬼に、繁殖期と発情期があるとは知りませんでした」

座布団の上に座っている嘉槻は見惚れたままで、やわらかく笑いかける。

「口伝だからな。きみの両親が文献にまとめようとしていたが……」

青柳はもうひとつの座布団を足で遠ざけてから、嘉槻と距離を取って座る。ふたりのあいだには酒の用意がしてあった。

「そうですか」

嘉槻は答えながら目を伏せる。

いつもの十五夜なら同席を欠かさない管狐たちも、今夜はいない。勉強部屋の文机の上に竹筒を運び、みずから中へ戻って栓を閉めた。

「飲みますか」

盆に置かれた盃をひとつ取って差し出す。しかし、青柳は受け取らなかった。

徳利を手にすると、嘉槻の持っている盃を満たす。

「今夜の月見はこの一杯だけにしておこう」

言いながら、盆の上の残されていた盃にも酒を注ぐ。

流麗と呼ぶにふさわしい一連の仕草を目で追い、嘉槻はくちびるを引き結んだ。次に続く言葉が容易に想像できる。

「俺は、座敷で寝ることに……」

「外へ出かけないのが、あなたの優しさですね」

最後まで聞かずに、少し掲げて見せた盃にくちびるを寄せる。

とろりと甘い香りがして、口当たりのやわらかな酒が喉へ流れてくる。長いまつげを伏せて、息を吐いた。

ほかのだれかを相手にしてきたと思われたくないくせに、今夜の床は別にしようと言いだす。

優しいようでいて残酷なのが青柳だ。それを自分勝手だと罵るほうが可愛げになるのだろうと思いながら、できずに視線を向けた。

ひたと見つめる視線が潤むのを止められない。

長い髪を垂らした青柳からは、精気のみなぎりが伝わってくる。男振りがいつにも増してよく、彼の身体を知っている嘉槻には悩ましいほど魅力的だ。

内ももに刻まれた淫呪がぞくりと疼き、それ以上に心がざわつく。欲情がどこからやってくるのかを、嘉槻はきちんと受け止め理解した。

いやらしい気持ちは、すべて青柳に対する恋情のせいだ。

「……ひとり寝は寂しいでしょう。僕は……かまわない」

誘う言葉を探しながら揺れる瞳で、無意識に助けを求めた。視線を受け止めた青柳は眉をひそめ、嘉槻にだけわかる表情で欲情を翳らせる。

だから、嘉槻は続けて言った。言わなければ、青柳が出かけてしまうような気がする。

今夜は距離を置こうと、そう告げられることがこわい。

「寝ても……、孕むわけでなし……」

「管狐たちが余計なことを言ったんだろう。本気にしなくていい。だいたい、あいつらはいい加減だ」

青柳の声色は諭(さと)すような響きを持ち、嘉槻はいっそう焦った。引き止めたい一心で、脳裏に浮かんだ言葉を口にする。

今だからこそ、青柳に告げたかった。

「あなたのことが好きなんです」

ひと息に言い切って、盃を両手であおった。中身をすっかり飲み干してしまう。

「それにしたって……。ん……？」

青柳が言葉を途切れさせた。嘉槻の告白を反芻（はんすう）しているのだろう。その表情は唖然として、固まったまま動かない。

勢い余って言ってしまった嘉槻は、耳まで熱くなりながら言葉を重ねた。

「僕だって、我慢できる自信がないんです。そんなあなたが、好きなあなたが、そばにいて……。あっ！　どこへ行くとも、言わないで。どこにも、行かないで」

盃をぶつけるように縁側へ置き、両手をついて身を乗りだした。

「言わないで、そばに置いて」

出かけると言われたら、傷ついてしまう。たとえ、ほかのだれかを抱いて晴らすわけでないとしても、情欲を持て余す青柳がひとりでやり過ごしているなんて考えたくない。

「きみに……こうまで……言わせてしまうか」

ぼやくように口にした青柳は、手にした盃を飲み干して眉根を引き絞った。

だれに対する言葉なのかと見守っている嘉槻へと視線が向く。

その涼しげな瞳は、もの憂さをすっかりと隠して思慮深い。きっと、鬼になる以前からの資質だろう。そういう人間だったのだ。だから、苦しげなひと言は、彼自身に向けられている。

「嘉槻。もう知っているだろう。俺は、きみの気持ちにつけ込んで、都合のいい関係を続けようとしてる。その短い生涯を、俺に捧げるつもりならやめておけ」

「……花の命は短いんです。あなたに抱かれていられる年月も数えるほどでしょう。それでいいなら、すべてあげます」

「そのときには、俺の生を終わらせてくれるか」

笑いながら言った青柳は、徳利へ手を伸ばす。鬼は自死できないのだ。自身をどれほど傷つけても、元へと戻ってしまう。

「あなたは……」

好きと言えば、殺してくれと望まれることを思い出し、嘉槻は苦々しく顔を歪めた。青柳の手を引き寄せ、自分から胸の中へ飛び込む。

それは、いつかの話だ。いますぐではない。

だから、青柳の身体にしっかりと腕を回してしがみついて言う。

「こんなときに、生きるの死ぬのと、面倒なことを言わないで」

「野暮か」

盃を置いた腕が背中へ回り、嘉槻の捕まえている手であごを支えられる。上向きになると、覆いかぶさるようにくちびるが重なった。

身体が芯から震えるほど丁寧で優しいくちづけに、若い嘉槻の身体はじれったく燃えあがる。

「本気で抱いたら、俺はいま以上、きみに夢中になる。嘉槻、いいのか。束縛もするし、たらふくメシを食わせるし、気をやっても抱くぞ」

「……変なの」

笑ってしまいながら、青柳のくちびるをそっと噛む。

「束縛は適度に、ご飯もほどほど、……気をやってるあいだは、しないで……。もったいないでしょう。あなたがしてくれることは覚えていたい、から……」

視線をつつっと逃がし、自分の発言に恥じらって頬を染める。

「……変なの」

嘉槻が言ったことを青柳が繰り返す。ふっと笑った気配がして身体が宙に浮く。抱きあげられて連れて行かれるのは寝室の中だ。蚊帳はなく、一組だけ敷かれた布団は寝乱れている。

「調子はもういいんですか」

運ばれながら首へと腕を回し、嘉槻は逞しい肩にもたれた。そこから見る青柳も美しい。

「髪が伸びるときは痛むんだ。……切ろうとするなよ。毛の先まで感覚がある。発情期が終われば勝手に短くなる」

「抜けてしまわないの」

嘉槻のからかいに気づき、青柳は片頬を引きあげて笑う。

「……しまわない」

答えながら布団の上へ嘉槻をおろした。手がすぐに膝を掴み、奥へとすべり込む。

「あ……」

淫紋に指が触れると、びりっと痺れが走る。肘をついて身体を支える嘉槻は、のけぞるようにあごを反らす。

「これが自分のものじゃないというのも、悪くはない」

開いた両膝のあいだに移動した青柳は、ほのかな月明かりの中で嘉槻の内ももを検分する。そこに刻まれた禍々しさをなぞる指も変化していた。爪が尖っている。

ちくっと肌を刺され、嘉槻は手を取って眺めた。

「爪が……」

「歯も」

青柳が歯を剥き出しにすると、美しい歯並びの中で、犬歯だけがわずかに尖っていた。

「角も出てる」

言われて、嘉槻はおそるおそると手を伸ばす。差し出された頭部には二本のこぶらしきものがあった。

「尖っていないんですね」

「人を食ったことがないからだろう」

「……どうして、そうしないんですか」

「理由はない。うまそうに思わなかったからだ」

　嘉槻の鼻先にくちづけた青柳が沈む。開いている膝のあいだへ顔を伏せ、内ももに刻まれた淫紋へくちびるを這わせた。

「ん……」

　ぶるっと震えた嘉槻の膝が閉じかかる。青柳はそれを許さず、手のひらで押さえた。

　尖った犬歯で肌を甘噛みにされ、痛みよりもくすぐったさが勝る。嘉槻は片手を伸ばして長い髪を引いた。

「……だめ」

　笑いながら耳を引っ張ったが、青柳は起きあがらない。

　なおも肌を噛まれているうちに、くすぐったさが別の淫靡な感覚へと移り変わっていく。

「ん……、ん……」

　ぞわぞわとした痺れが肌の内側に広がり、嘉槻の声もかすれる。

「……ぁ、ふっ」

　肌へ吸いついてくるくちびるの感触にも震え、下穿き（したば）きの紐（ひも）を解かれたことにも気づけない。

　爪の伸びた手で布ごと象徴を揉まれ、嘉槻は息を詰めた。

「あ、あ……」

　こらえた声は自分で聞いてさえ甘く、もっと快感をねだるようだ。

「蜜を吸わせてくれ、嘉槻」

固くなったものが取り出され、根元の下生えが熱い息に乱される。

快感の固まりは薄皮ごと手のひらに握られた。

「ん……ふっ……」

わずかに露出してくる先端の割れ目を、舌で執拗になぞられて腰が跳ねる。すると、ひそやかに笑うような息づかいを繰り返す青柳の手のひらが汗ばんでくる。

恥ずかしさを感じた嘉槻はくちびるを噛む。

それでも、見ずにいられない。

厚みのある青柳の舌が嘉槻の外皮と肉のあいだへ差し込まれ、ねろりと円を描くように動く。

敏感に反応した嘉槻は片手をくちびるに押し当てて震えた。腰がヒクつき、そのたびに芽吹きは大きく膨らんで成長していく。

「う……んっ……あぁっ」

「あっ、あっ……」

完全には剥かずに指の輪で外皮を動かされる。切り出したように張り出したカサに皮が引っかかって快感が湧く。

何度も何度もしごかれ、胴回りもしっかりとしてきた頃、先端には蜜がぷくりと溢れる。

「は、ぅ……」

待ちかまえていた青柳の舌は、舐め取った上に割れ目をなぞり、奥まで這う。嘉槻は驚いて身をよじり、肌に触れる髪を引いた。

「や……」

そうは言ったが、快感もある。嘉槻を見つめた青柳は、なおも細い鈴口に舌先を出し入れする。同時に肉幹をしごかれ、嘉槻は淫靡な悦に悶えた。

「くっ……ん……ぁ」

こらえようとした嘉槻は大きく息を吸い込む。手筒と舌先で愛撫を繰り返す青柳の視線にさらされ、顔を隠すこともできずにあごを引く。

「出して。ほら、嘉槻……」

先端を舐めしゃぶる青柳に促され、嘉槻は両肘をついた姿勢で身体を支え、腰を突き出す。見られていることの羞恥が快感を呼び込み、太々と育ったものが武者震いする。

「あ、あっ……く……っん！」

根元からしごき立てられ、嘉槻はもう我慢ができない。白濁した蜜が青柳の口腔内で弾けた。

「ん、は……ぁ、はぁ……っ」

息を乱した嘉槻の耳へ、こくりと嚥下の音が届く。青柳はなおも先端を吸い、味わい尽くすように舌を這わせる。

嘉槻は全身を熱くして戸惑った。いつもの行為とは違う、あからさまでいやらしい水音が響いているからだ。

その上、舐めしゃぶられながら腰を両手で持ちあげられた。

声もなく身を硬直させたまま仰向けに倒れ込む。膝が真上に見えた。

足の付け根を割り開いた青柳の舌が、あの部分に触れる。

「あっ！」

初めての体勢を取らされた嘉槻の叫びと共に、きゅっときつく締まる。しかし、舌は触れて動く。菊の花のようにこまやかな皺が舐められ、数を数えるように掻き分けられた。

「あ、あっ……」

くちびるがぴったりと合わさり、菊花の中心へと、尖った舌先がねじ込まれる。

蜜を吸われたばかりの先端からしたたり落ちた残滓が一滴、嘉槻の頬へ落ちた。気づいて指で拭うよりも早く、嘉槻の腰を布団へ下ろした青柳が舐め取りに近づく。

「……嘉槻、代わりにほぐしてくれないか」

指がつまみあげられたかと思うと、くちびるに含まれる。利き手の人差し指と中指が唾液で濡らされ、答える間もなく、横向きに転がった腰の裏へと促される。

「俺の指は、爪が危ない。だから……」

先を急ぐ声は焦りを帯びて、嘉槻の指をすぼまりへあてがい、押し込む。

自分でそこに触れたことはなく、嘉槻は驚いた。

「やっ……ぁ」

指が感じるのは、青柳の唾液で濡らされた沼地の熱さだ。そして、侵入を拒めない内壁も指の熱さを知る。

「あぁ……嘉槻、顔を見せて」

指が抜けないように押さえている青柳は、もう片方の手で嘉槻の細いあご先を捕らえた。視線が交錯して、激情に近い肉欲が身体の奥に起こる。

嘉槻はわずかに背中を反らし、いっそう深く自分の中を探っていく。

未知の快感を捕らえて味わい、そんな自分がこわくなって浅くすると、青柳に押されてまた指先が沈む。

「ん、ん……」

「もう、いいかな」

待ちきれずにそわそわした青柳が身体を起こした。帯をほどき、総絞りの浴衣を脱ぐ。下穿きはつけておらず、腹に触れるほど反り返った太物が嘉槻の目に飛び込んでくる。

月明かりがこれほど淫靡に思えたことはなかった。

なにも言えず、自分の指を身体から抜くことも忘れてもう片方の手を伸ばす。男の足に触れると、根元を支えて近づいてくる。

嘉槻は目を閉じて舌を差し出した。

熱が触れて肉片が溶けそうだ。溢れた唾液で熱源体を包み、くちびるで覆った。

「んっ……ふ……」

「奥まで含まなくていい。充分に、気持ちがいい……」

青柳の指先にあご裏をくすぐられ、彼を初めてくちびるに迎え入れた嘉槻は薄くまぶたを開く。ぼんやりとした薄暗がりの中でもわかるほど、青柳は感じ入っていた。眉と眉のあいだに刻まれた線さえも快感の色を帯び、熱っぽく吐き出される息が嘉槻を煽る。

後ろへ差し込んだ指でたまらずに自らの肉壁をえぐり、嘉槻は恥ずかしげもなく音を立てて男根を吸った。

これが出入りするときの快感を思い出すと、腰裏の内側が疼いてたまらないからだ。早く差し込んで欲しいとねだりそうになり、口を塞がれていてよかったと安堵(あんど)する。

「嘉槻……。きみが欲しい」

ずるっと抜けていく太竿を追い、嘉槻は舌先を突き出す。意識が朦朧とする中で、青柳に顔を覗き込まれた。

そっと舌先が触れ合い、絡まり、吸いあげられて息が乱れる。

「いやらしく誘ってくれ。どこに、欲しい」

「くち……、僕も飲む……」

「それは俺が待ちきれない。下の口でいいだろう」

「ん……」

指が抜けると、腰まわりにぞくっと痺れが広がる。じれったい欲望の兆しに嘉槻は抗う気もなかった。開いた膝を胸に引き寄せて抱く。

「……青柳」

甘く呼びかける声が、相手にとってどれほどの快感を呼び込むのかはわからない。しかし、太ももの裏を押さえる手のひらが熱く汗ばんでいる。それだけで幸福が募った。

浅く息を吸い込み、片方の肩へ髪を寄せた青柳を見あげる。

「早く……、青柳」

名前を呼ぶと心が震える。触れられるよりもいやらしく淫らに感じ入ったが、濡れてほぐれた菊花を散らす太竿の衝撃には勝てない。

「あ、あ……」

したたるほどに濡れた先端が肉へとめり込み、ふたりは呼吸を合わせた。どちらともなく腰を引き、浅く深く、抜き差しを繰り返して繋がっていく。

「ん……あぅ……ぅ」

嘉槻の菊襞はめいっぱいに押し広げられ、押し寄せる快感で淡く染まった肌が総毛立つ。甘く声を引きつらせながら喉をさらし、敏感な部分を侵す青柳を全身で感じていく。

長く伸びた髪は逞しい肩から流れ落ち、ゆるゆると嘉槻の肌を這う。なめらかな感触も愛撫になり、一房だけ指に絡めてくちびるに押し当てた。

すると、青柳の息づかいが深くなり、嘉槻の中に収まったものが大きく跳ねる。あきらかに育ち、いままでにない深さをえぐられた。

「……な、に」

「うん？」

「ここ、くるしぃ……」

ヘソの下を手のひらでさすり、覆いかぶさってくる青柳を見つめた。下腹がずっしりと重く、息をするだけで肉壁がこすれる。

それは目眩がするような快感になり、嘉槻はたまらずに青柳へしがみついた。まるで自由自在の如意棒(にょいぼう)のように、青柳は太く伸びている。

「……ぁ、いや……はいったら、だめな、とこ……」

本能的に怯えてしまうほど深い場所を先端が行き来する。それと同時に、肉壺の道筋が内側から圧迫されてこすられる。

「あ、あっ……あぁ……」

汗がどっと溢れ、くちびるが声も出せずに震えた。目の前で点滅する星を数え、嘉槻は熱っぽい吐息を漏らす。

青柳がゆるやかに腰を使い始め、大きく開いた嘉槻の膝下も揺れる。

「青柳、青柳……。だめ……あぁ、だめ……」

腕の下から肩へ腕を回し、嘉槻は乱れる息づかいの合間に繰り返す。

「本当に、だめなのか？　苦しい？　痛い？　それとも……」

体格差のある嘉槻の身体をしっかりと抱き込み、青柳はこらえた腰つきを繰り返す。それでも、彼が感じるたびに欲望はいっそう長大に育っていく。

「……よくて、だめ……ぇ……ぁ、青柳……あぁ……」

苦しさが呼び込む快感の深さに、嘉槻は溺れた。

顔の周りには青柳の長い髪がカーテンのように垂れて、月明かりが清かに射し込む、ふたりきりの世界が形作られる。そこには苦しいほどの快感があり、甘く爛れていく情感が伴う。

熱を帯びた吐息をくちづけに混ぜて交換しながら、嘉槻は汗ばんだ肌をすり寄せた。湧き起こる好意は愛情へと育っていき、自分を抱いている男を欲してたまらない。

彼を包んでいる内壁もきゅうきゅうとよじれて、そのたびに快感がふたりのものになる。

「嘉槻……。抱き潰してしまいそうだ……」

ぐいっと強く突きあげられ、その衝撃に嘉槻の身体がのけぞる。深々と刺さったまま、全身が淡く痙攣していく。

「ん、んん……はぅ……」

青柳がどれほど自制しても、言葉通り、抱き潰されてしまう。貫かれている嘉槻はもう息も絶えだえになり、奥歯を噛みしめることもできないのだ。

快感はひっきりなしに生まれ、弾け、小さく達する。ふたりのあいだで揉みくちゃになった嘉槻の性器は濡れそぼって白濁を撒いた。

青柳はなおも激しく小刻みに動き、浅い場所まで引き抜いて息を詰める。逞しい腰がぶるっと震えた。

膨張が弾け、青柳の汗がしたたる。

「ぁん……んっ……」

嘉槻の身体は内も外も彼の体液に濡れたが、引き抜かれる気配はない。

「嘉槻、もっと身体を……開いていいか」

くちびるが重なり、なまめかしく誘われる。

快感の深さに怯える嘉槻に選択権はなかった。すべてを投げ出す覚悟はとっくにできている。しかし、喘ぐしかできないほどの快楽の中では、それを伝える言葉が見つからない。だから、くちづけで返す。胸を寄せてしがみつき、舌先で先をせがむ。

「あ、あっ……あぁっ」

全身が溶けて甘い蜜になっていくようだ。

青柳の腰つきは優しさを秘めて激しく、嘉槻の快感を少しも逃さない。ふたりで分け合える以上に渡され、嘉槻は悲鳴混じりに喘いで叫ぶ。

卑猥な言葉が耳元で聞こえ、青柳を睨むとくちづけが落ちて、それも甘い。青柳は何度目かの射精に達し、嘉槻を抱きしめると器用に起きあがった。

腰をまたぐ格好で向かい合わせになった嘉槻は、また深くなる結合に喘ぎ、涙をこぼす。

それでも、目の前の男を見つめた。

背中を抱く指の優しさに腰の疼きは止まらず、息をするたびに悦に達しながら指で精悍な頬をなぞっていく。

「……僕は、……おいし、そう?」

胸の奥に激しい嵐が起こり、嘉槻はのけぞりながら身をくねらせた。

「……食べて」

力を振り絞ってしがみつき、青柳のあごに噛みついて舌を這わせる。

今夜、命が終わってもいいと本気で思う。青柳が望むなら、骨の髄まで彼のものになりたい。いつか、別れが来るのなら、この快感の中で果てることも幸福のひとつだ。

「嘉槻……、できないんだよ……」

細い腰を欲しいまま貫く快感に耽(ふけ)り、青柳は苦々しく眉をひそめる。凜々しい男振りの中に卑猥な情欲が渦を巻き、嘉槻はまた彼に溺れていく。

「そういう約束だ。嘉槻……。俺は、きみを傷つけない。……好きだよ」

溢れ返るように甘い優しさが嘉槻の全身を包み、快楽の果てへと押しあげられる。

「あおやぎ……っ」

「あぁ……どうやって、愛し合おうか。……きみの、もっと恥ずかしい格好が見たい」

「う、んっ……」

「食べることが、俺の愛じゃない。嘉槻……」

くちびるで誘われ、嘉槻はのけぞり身悶えた。あられもない声をあげて青柳を求め、月明かりに溶けていく。

「もっと、言って……。好きって、言って……」

涙がこぼれて肌を伝う。青柳の手のひらがそれを拭い、甘い愛の言葉は繰り返される。

庭へ出した台の上で、蜜色の月光を浴びたススキが揺れていた。

＊＊＊

青柳の伸びた髪は、日に日に短くなり、十三夜を迎える頃にはすっかり元の長さへ戻った。

ふたりの仲はまた一歩進み、夜毎の行為も変化に富んだ。

それでもまだ、互いを同時に舐めたり、挿入したまま体勢を変えられたりすることが、嘉槻は苦手だ。思わぬ嬌声(きょうせい)を聞かれることになってしまう。

恥ずかしいと告げれば、青柳は小首を傾げて喜んだ。

表情はほとんど変わらず薄笑みを浮かべるだけだが、嘉槻にはその内面で湧き躍るような卑猥さが見える。真っ赤になって怒ったことも一度や二度ではないが、背中から抱かれてあやされると、どうでもよくなってくる。

好きと言われて、好きと答えて、ふたりは恋仲になった。

それを実感するたびに嘉槻の胸は燃える。正直に嬉しくて、寿命の違いなど考える余裕がない。これほど浮かれた性格だったのかとあきれこそすれ、自己嫌悪に陥ることはなかった。

ふたりのあいだに困難があるなら、乗り越えていくだけだ。

嘉槻の母も、そうやって父を選んだのだから、自分にも道が見つけられると信じられる。そういうところは母譲りだった。

「嘉槻さん」

駅へ向かう道すがらに呼び止められ、背広姿の嘉槻は歩をゆるめた。木々が色づき始めた歩道に人通りはなかったが、車道の端に停車した車から男がひとり降りてくる。

祥風堂で二番目の実力者・鬼束邦明だ。夏の終わりに出会ってから、何度か顔を合わせた。

祥風堂の嫡男・頼久の叔父(おじ)に当たり、ふたりの口添えのおかげで嘉槻の仕事は順調だ。

ひとりでは取り組めない封印儀式にも、槐風堂として参加できるようになった。

「邦明さん、こんにちは」

丁寧にお辞儀をすると、髪をきっちりと撫でつけた邦明もふかぶかと頭を下げてきた。

「仕事帰りかな？」

「はい。鳴動する茶釜(ちゃがま)でした」

素直に答えると、邦明は眉を跳ねあげた。

「尻尾は生えていなかった？」

「ありがたいことに、見た目には変化なく……」

嘉槻は笑いをこらえる。

「それはよかった。『分福茶釜(ぶんぶく)』も実際には、大変な案件だからね」

生真面目な顔で言った邦明は、両腕を腰の裏へ回して立つ。

背は高くないが、頭身の取れた体格だ。節制と鍛錬を欠かさない実直さが顔つきからもわかり、彼の前には青柳も姿を現さない。

「きみに連絡を取ろうと思っていたところなんだ。一度、家を訪ねてみたのだけど、どうにも入り口が見つけられず……。看板も出ていないいんだね」

「……出してはいるんですが」

嘉槻は口ごもって曖昧(あいまい)な笑みを浮かべた。看板も青柳の結界の中にあり、力のある術師であるほど見えない仕掛けだ。

「ずいぶんと複雑な結界だ。その腕を見込んで、ひとつ、頼みがある。悪鬼の封印を確認しにいく勉強会に欠員が出たので、是非、きみに同行を願いたい……。どうかな」

思ってもみない話に、嘉槻は目を丸くした。悪鬼の封印を見学できる機会はめったにない。

「僕が、ですか」

「頼久さんの声がかりだよ」

邦明は軽やかに言った。

「私の弟子を連れていくだけのことだ。悪鬼の封印もゆるんではいないし、危険は少ないだろう。しかし、だれでもいいわけじゃない。封印儀式もするからね。これは、きみを見込んで持ってきた話だ。ただ、日程が明日からなんだ」

「明日、ですか……」

特に用事は入っていない。しかし、青柳に相談せずに決めれば、あとで確実に揉める。

友人だと認めている頼久のことは大目に見てくれるようになったが、祥風堂本家からの誘いに対してはいい顔をしないだろう。

「きみは退魔師を目指すつもりだろう」

嘉槻の物思いを遮り、邦明の声がひたっと低くなる。

「しかし、鬼の呪いを受けた身だ。鬼の封印に近づけば影響があるかも知れない。そこも含めて、制御する方法を見つけるべきだ」

ふいに北風が吹き抜け、嘉槻は乱れる髪を押さえた。邦明は話を続ける。

「明日、頼久さんに迎えを頼むからね。時間は早朝六時。行き先までは車で二時間ほどだ。用意はなにもいらない」

　行くとも行かないとも嘉槻は答えなかった。それよりも早く邦明が身をひるがえしたからだ。片手を腰裏に回したまま、車へとまっすぐに戻っていく。

　嘉槻はお辞儀をして見送り、車が去ってからあたりを見回した。向こう側の歩道に、裾の長い背広を着た青柳が立っている。

　ふたりは見つめ合った。色づく木の葉が一枚舞い落ちて、青柳が車道を渡ってくる。

　車は往来していたが、左右を確認することはない。広い歩幅でスタスタと歩くたび、長い裾がやわらかく波打つように揺れる。

「つまり、実験台になれという話だ。失礼にもほどがある」

　嘉槻の前に立ち、青柳は出し抜けに怒りだす。

「そういうことは、わかっていたことだよ」

　青柳が着ている背広の肘あたりをつまんで引っ張る。

　槐風堂の看板を掲げたときから、嘉槻は呪い持ちの封印師だ。

「今回は頼久さんの声がかりだし、勉強になるから行ってくるよ。なにごとも経験だ」

「行くことはない」

　あごを反らした青柳に見下ろされ、嘉槻は微笑みながら歩きだす。

「ダメだよ。せっかく誘ってくれたんだから」

「六年前は見捨てたくせに」

遅れてついてくる青柳の声には、祥風堂への憎しみが入り混じる。嘉槻は歩調をゆるめて彼が並ぶのを待った。

「……煙草の匂い。吸ってたんですね？」

肩に鼻を近づけて匂いを嗅ぐ。人通りがないのをいいことに肩を抱かれ、嘉槻は戸惑いながら青柳の身体に手のひらを押し当てた。

「歩きづらいです」

「少し我慢しろ」

偉そうに言った青柳は、次の瞬間には朗らかに笑い出す。

「遠回りをして帰ろう、嘉槻」

「ここから歩いて帰ると遠すぎます」

「少し、歩きたいんだ」

耳元にくちびるが近づき、くすぐったくて身をよじる。前から女性のふたり連れが歩いてきたが、青柳は離れようとしなかった。

いっそう嘉槻を抱き寄せ、彼女たちに軽く目配せして通り過ぎる。

「あぁ。恥ずかしい……」

うつむいた嘉槻は熱くなる頬を持て余す。青柳はなおも笑った。

「こんな美形を連れてるんだ。自慢に思えばいいだろう。俺はたっぷり自慢げにしてやった」

「あなたは……もう……」

ほかに言葉もなく、嘉槻は赤く染まった頬を背ける。

「嘉槻。勘のいいきみのことだ。行くと言うなら、万事承知だろうな」

持って回った言い方だ。嘉槻にはなにのことか、わからない。

続きを口にしようとした青柳が足を止める。視線をたどった嘉槻は、道の角から出てくる頼久を見た。

肩を抱かれたままだと気づいてあわてたが、払いのけた青柳の手はひらりと腰に移動しただけで離れない。

「嘉槻くんが迷惑そうですよ」

ふたりが角を曲がるのを待った頼久が、電信柱の陰で腕を組む。青柳は迷惑そうに鼻を鳴らし、全身に不機嫌な雰囲気をまとった。

そんなふたりを見比べ、嘉槻はため息をつく。

「いつ、ふたりで会ったんですか？」

「会ったわけじゃない」

即答したのは青柳だが、嘉槻は頼久へ顔を向けた。

「知りませんでした」

「ごめんね、内緒にしてしまって。どんな男か、知っておきたかったんだ」

頼久が答えると、青柳は大げさに息を吐き出した。

「嘉槻がいない隙を狙って、結界の隅をほじくるんだ。陰湿だな、祥風堂の人間は」

「こちらとしては、正々堂々仕掛けたつもりです。力不足は否めませんが」

「嘉槻の友人でなければ、かまいたちに切り裂かれたぞ」

「……手加減をいただいたようで、ありがとうございます」

慇懃無礼（いんぎんぶれい）に頭を下げた頼久は、薄いコートのポケットへ両手を入れた。

「嘉槻くん、邦明さんから聞いたね？」

「はい。明日、六時」

「うん。今度の件は、おそらく、以前話した『記録にない封印』と関係していると思う」

頼久の言葉を聞き、嘉槻は表情を引き締めた。青柳を振り仰ぐように見る。

「さっきの話……。もしかして、あの庭石の件と、明日のことに関連があると考えているんですか？」

七月頃、嘉槻の元へ舞い込んだいわく付きの庭石の件だ。鬼の気配がついていたが、すぐに石そのものが消えてしまった。

「そうだ」

青柳がうなずく。

「まず間違いない。あの石から感じた気配は、きみの淫呪と同じだ」

だから、行くなと言ったのだ。

「それに、明日の件は、きみの両親が亡くなった場所からも近い。隣の山だ」

頼久が続きを話し、嘉槻はふたりを交互に見比べる。知らないうちに結託して、あれこれと相談していたのだろう。

「待ってください。当事者を差し置いて……」

「きみは関わるな。行かなくていい」

青柳にぴしゃりと言われ、嘉槻は小さく肩をすくめた。呪い主のことを思い出してはいけない身とはいえ、勝手に決められては面白くない。

しかし、胸に違和感が湧いてくる。青柳からこれほど強い口調で止められることは珍しい。ハッと閃いた嘉槻は、青柳の背広を握りしめて詰め寄った。

「青柳、なにを考えているんですか」

答えずに離れていく身体を両手で引き寄せる。嫌な予感が止まらない。

「彼は、きみを解放したいんだ」

嘉槻の腕を掴んで止めた頼久が言う。

「呪い主が消滅すれば、きみの呪いは解ける。向こうが封印を弾く前に動くのが得策だ」

つまり、邦明を案内人にして、嘉槻の呪い主を見つけ出すつもりなのだ。それだけでなく、結界を解き、青柳が鬼と対峙する。それが意味することは『殺し合い』だ。

青柳の腕を放し、嘉槻は頼久に向き直る。

「邦明さんは知ってるんですか。あの庭石との関係を」

「彼は……」

頼久の表情が曇り、くちびるがかすかに震えたように見える。続きは青柳が継ぐ。

「あの日、おまえを見捨てる決断をしたのは、あの男だ。なにかを隠している」

「頼久さん。僕の知らないところで話が動いていて、大変、気分が悪い。いったい、どういうことなんですか。あなたからも説明してください」

「……すまない。あれから、きみの呪い主について調べたんだ。その途中で、彼から相談を受けた。きみは……思い出してはいけないから、話ができなくて」

青い顔をした頼久は身体の横で拳を握りしめた。嘉槻は浅く息をつく。

「明日の件はあなたの声がかりなんでしょう。なら、頼久さんは行くべきだと思っているんですよね」

「……その男の望みは友情とはほど遠いぞ」

青柳の辛辣な声がして、嘉槻は眉根を引き絞った。

「どういうことですか」

「わかるだろう。俺が同行すれば、嘉槻が行く必要はない。しかし、彼にとっては不都合なんだ。彼が望んでいることは、おまえにすべてを思い出させることだからな。あの男がなにをして、なぜ記録を残さなかったのか。封印一覧にない鬼の存在を確かめたいだけなんだ」

「……それは当然でしょう。封印した鬼が悪用される可能性もあるんですから」

嘉槻は静かに答えて、不満げな表情の青柳から頼久へと視線を転じる。

「頼久さん。僕こそ、あなたの相談に乗れなくて、すみません。明日は一緒に行きます。問題はありません。これでも退魔師を目指しているわけですから……」

「淫呪を持つ身だ」

青柳の手が伸びてきて、肩を掴まれる。嘉槻は身体をよじって逃げた。

「あなたの考えそうなことはわかっています。呪い主を見つけて、どうするつもりでいるんです。僕になにも言わず……」

「……答えはひとつしかない」

青柳は静かな声で言った。やはり、呪い主の鬼を殺して、嘉槻を解放するつもりでいる。

「青柳。あなたの力はよく知っている。でも、あれは……、僕の両親がふたりがかりで挑んでも勝てなかった相手だ」

「俺を侮っているな、嘉槻」

冷笑を浮かべた青柳は淡々としている。

「いまのきみが挑むよりは、よっぽどいい」

「……それなら」

嘉槻は浅く息を吸い込み、青柳の腕を掴んだ。

「僕も行かないから、あなたも行かないで」

その提案に驚いたのは頼久だ。彼にとっては都合の悪い話だろう。

しかし、嘉槻には、これしかない。

青柳が相手に負けるとは思わないが、相打ちで命を落とす可能性はある。

考えると、胸の奥がひりひりと痛んだ。青柳の望みが、そこにあるような気がして、不安が溢れてくる。

どんなに抱き合っても、心を打ち明けても、嘉槻を見送るのは嫌だと言って、青柳は死を望む。そのことをだれよりも知っているし、忘れてもいない。

「それは、できない」

嘉槻の手を押さえるように握りしめて、青柳は薄く微笑む。

「……青柳」

彼の心が、自分の想像通りだと信じたくはない。

けれど、わかってしまう。

「僕は望まない……」

嘉槻は首を左右に振る。その頬を、青柳の指が止めた。

「相手の居場所がわかった以上、始末はつける」

「あなたこそ、僕を侮っているんですよ。考えていることが、わからないと思うんですか」

「きみを自由にする。ただ、それだけのことだ」

ふたたび表情を失っていく青柳の顔立ちは、ただひたすらに作りものめいて整う。常に感じ続けてきた悲しい予感に震えを覚え、嘉槻は両手を伸ばして頬を包んだ。自分へと引き寄せ、顔を覗き込む。

「自由ってなんですか。……いまさら、ひとりにはなりたくない」

まっすぐに見つめると、青柳はわかりやすく顔を歪めた。

作りものめいた美貌に心が宿り、苦悩が刻まれる。嘉槻を愛するあまり、青柳は幸福なままの終わりを求めているのだ。自分ひとりが消えていけば、残された嘉槻が元の生活へ戻ると信じている。

「頼久さん」

青柳の胸に片手を置いたまま肩を開いて振り向く。頼久もまた苦悩を滲ませた表情で眉根を曇らせていた。嘉槻ははっきりと言った。

「明日、僕は行きますから。すべてを思い出してみせます」

「嘉槻……っ」

なおも止めようとする青柳を、きつく睨みつけた。

「あなたをひとりで行かせる気はありません。……あなたの最期を、結界の崩壊で知るなんて、絶対に嫌なんです。僕を閉じ込めておきたいのなら、あなたも相打ちなんてことはあきらめてください」

はっきり言葉にすると、青柳の頬が引きつる。やはり図星だ。

「……きみは」

無表情を貫き通せなかった青柳の声はかすれ、苦々しさが顔一杯に広がっていく。

「青柳。あなたは、こういう僕に惚れたんです。あきらめてください」

まっすぐに言葉を放ち、嘉槻は胸を張った。

しばらくは青柳を見つめ、それから頼久に言う。

「記憶を取り戻すことはやぶさかじゃないので、気にしないでください。……知りたいんです、僕も。なぜ、こんなことになったのか。知って、受け止めたい」

くちびるを引き結んだ嘉槻の肩に頼久の手が伸びる。触れる前に拳を握り、二度三度とまばたきを繰り返す。

「あの日、邦明さんはそこにいたんだ。きみを救うことができたと思う。少なくとも、山からおろすことはできた。そう思えて……」

わなわなと震えるくちびるが閉じて、言葉はそれきりになる。

続きは青柳が口にした。

「たとえ呪いを受けたとしても、息があれば連れて帰るものだ。しかし、きみは現場とは違う場所にうち捨てられていた。見殺しだ。あの男には悪意がある。……奈槻と寿和の遺体のそばに、鬼を封印したものはなかった。……きみを連れて山を降りる途中で、なにかがあったんだ」

青柳はどんどん無表情へ戻る。邦明の関与を疑っているのだろう。

嘉槻は黙って視線を逸らした。

ひと息ついて、頼久に声をかける。

「……頼久さんが気に病む必要はありません。明日にはきっと、すべてがはっきりします。……僕は、あなたとのあいだには友情があると思っています。それぞれの事情がある中で、あなたは僕のためにいろんなことを調べてくれた。感謝します」

両手を膝について頭を下げる。嘉槻の髪はさらさらと流れ、頼久があわてて嘉槻の肩を掴む。

「こんなこと、しないでくれ」

顔を上げさせ、困ったように微笑む。ふたりのそばに立つ青柳は、ひんやりとした表情でたたずんでいた。

夜が来て、嘉槻は広い背中へ取りついた。浴衣の柔らかな生地が頬に当たる。

煙草の匂いがあたりに広がり、月が雲に隠れた。縁側から眺める庭が翳っていく。

「まだ相打ちなんて、考えているんですか」

聞いたところで、答えてくれる相手ではない。知ってはいたが、問わずにはいられない。

青柳はささやかなため息を転がして、口を開いた。

「今夜は繋がることができないな。明日……、明後日か。ことが済めば……」

腕を引かれ、あっという間に足のあいだへ抱きあげられる。遠ざけられた煙管に手を伸ばすと、青柳は笑いながら身をよじった。

「きみはだめだ」

「もう、子どもじゃない。……あなたの匂いだ。ひとくちだけ」

言いながら、青柳の腕ではなく口元に指先を這わせる。

嘉槻が待っていると、青柳は煙管を少し吸って、そのままくちづけをした。口移しの煙は甘く、ふたりのあいだに拡散して消える。

香ばしさだけが残って、嘉槻はなおも青柳のくちびるを吸った。いつまでもそうしていたいのは、胸騒ぎが収まらないからだ。

明日、青柳は一緒についてくる。そして、嘉槻の呪いを終わらせる気でいるのだ。

呪い主の鬼の封印を解き、対決する。

青柳が負けると心配するわけではない。しかし、万が一の事態を想像すると、不安でたまらなくなる。

　相手を信じられないのは、抱き合い、求め合っても、最後にいつも距離を作られるせいだ。

青柳はふたりのあいだに線を引き、愛は交わらないと言外に諭してくる。

だから、嘉槻の心は寄る辺ない。まるで終わりの見えている恋だ。

　少なくとも、青柳にとってはそうだった。

「あなたといると、僕が不幸になると思うんですか……」

　首に腕を回し、肩へもたれかかりながら問う。青柳が笑うと、ふたりの身体が揺れる。

「それでも、抱かなければよかったとは思えない。俺は、根っからの鬼畜だ。……きみにふさわしくないだろう」

「……契約って、どうやって交わすんですか」

　鬼を使役するための契約だ。それを交わせば、鬼は相手を食らうことができなくなる。そして、人間が死ぬまで主従の関係が続く。

　理性のない下等鬼種についてなら文献に記載があるが、青柳ほどの高等鬼種には通用しないはずだった。

「その気になったのか」

　別の鬼の呪いにかかっている現状では契約は交わせない。しかし、自由になれたなら、そのときは可能だ。

「……しなくても、俺はきみを食らわないし、きみだけを守る」

「でも……約束が欲しい。ここへふたりで戻ったら、そうしたら、僕のものになると誓ってください」

青柳の頬に手を当てて、そっと引き寄せる。うっとりするように整った顔立ちを見つめ、嘉槻は長いまつげを繊細に震わせた。

「いまも、俺はきみだけのものだ。契約なんて、なくても……。そんなものに縛られていなくても……、夢中なんだ」

くちびるが触れて、嘉槻は背中を震わせる。

熱く愛を訴えながら、ずっと一緒にいるとは言ってくれない。そのもどかしさを伝える術を探しても、ふたりのあいだにある深い溝を再認識するばかりだ。

「あなたを失うぐらいなら、このままでいい。呪われたままで」

「……呪い付きでは、退魔師になれない。下等鬼種の餌になるだけだ。嘉槻、俺ときみとは、このままではいられない仲だ。わかるだろう」

「なにの話をしているんですか」

「俺ときみとの話だ」

青柳は煙管を置いて、嘉槻の手を握る。いつもは熱い手が今夜に限ってひんやりと冷たく感じられ、嘉槻は顔を左右に振った。

「いやです。これはそんな話じゃない」

甘い口調で諭す青柳がしようとしているのは別れ話だ。

「あなたは悲観的すぎる。別にいいじゃないですか。あなたが僕を救って、契約を交わして……そうだ。あなたなら延呪を僕にかけることもできるでしょう。それなら退魔師にもなれる」

「嘉槻、許されることじゃない。延呪は後戻りができないんだ」

「だれが決めたことですか。関係ない」

「わかっているだろう。そうなれば、きみは人間でなくなる」

「……いっそ」

あなたと同じになりたい。

言いかけた言葉を指先に押しとどめられる。青柳のくちびるが近づいてきて額に押し当たった。しっとりとした肌触りは優しく、嘉槻の瞳に涙が浮かぶ。

「泣くな。泣かないでくれ」

こぼれ落ちた涙をそっと吸いあげながら、青柳が言う。

「きみを見送れない……。こちらへ引き込むようなこともできない。愛しているんだ。きみとの恋には罪を残したくない。俺の弱さだ。許してくれ」

男の声はひっそりと震え、嘉槻はまばたきで涙を払い落として見つめた。滲んだ景色の中にいる青柳がただ愛しくて、指を伸ばす。

「きみの優しさに惚れて、次に、きみの我慢強さに惹かれた。怒って家出するところも、思い出し笑いをするところも、この六年間でひとつひとつ知って、……俺には、きみだけなんだ。この生涯をかけて、きみの心を守りたい」

指の関節に音を立ててくちづけられ、惑うように嘉槻の心がよじれていく。青柳が守ると言ってくれる心のそばに彼はいない。

やはり、ふたりのあいだには線があり、混じり合わない生涯がある。

それは、跳んでも跳んでも、越えることのできない種別の壁だ。

「じゃあ、抱いて……」

「戻ってからだ」

そう言って青柳は微笑むが、約束はあきらかに嘘だった。

「青柳……」

「なにが起こっても、おまえには帰る場所がある」

それは、この家でも、この腕でもない。

青柳が言っているのは、頼久がいる祥風堂のことだ。

「大人になったな、嘉槻」

頬を撫でながら微笑む青柳は、まつげに小さなしずくを乗せていた。

彼は最後の情交を求めるような男ではない。なのに、嘉槻を抱いて発情期を迎えた。そして、嘘をついてでも身を引こうとする。善と悪の両方を身の内に秘め、彼ばかりが傷つく。

なぜ、こんなに優しい男が外道に落ちて鬼に変わったのか。まるでわからない。

きっと、彼にもわからないのだろう。もうずっと昔の話だ。悲しいことはすべて忘れるほどの年月が過ぎ、青柳の心は自由になったに違いない。それなのに、いままた、嘉槻との報われない恋に傷ついている。

嘉槻はもうなにも言えなかった。

する必要のない恋をしてくれた男に、もうなにも言えない。

これが最後の夜になることはないと、それだけを心に繰り返して、青柳の首にしがみつく。

それでも自分をあざむくことはできず、涙はこぼれた。

＊＊＊

なにごともなかったように送り出され、嘉槻は何度も振り向いた。引き止めて欲しくて、無理に奪っていかない青柳が憎らしくなる。

それで青柳を嫌いになることも彼の思惑の内だと思うと、もの憂いため息がこぼれ落ちた。

「主さまも、辛いのです」

しゅるっと肩に現れたのは雪白だ。

「お供をするよう、仰せつかりました」

管狐を伴えば、青柳にも嘉槻の居場所がすぐにわかるからだ。あとを追ってくるのだろう。手はずはなにも聞かされていない。

早朝の空は秋晴れに澄み渡り、それもまた憎らしい気分に拍車をかける。

「あの男は、愛してると泣けば、許されると思ってる……」

木戸の外へ出た嘉槻は背広の襟を開く。白い毛並みの雪白が内ポケットへ入っていき、ふわふわの尻尾が嘉槻の頬をやわらかくかすめた。

「可愛げがありますね」

雪白の声だけが聞こえ、嘉槻は内ポケットのある場所をそっと押さえる。小声で答えた。

「惚れた弱みなんだろうね」

昨晩はたくさん泣いた。ふたりで酒を飲み、嘉槻はいっそ酔って抱かれようとしたが、それも見透かされ、ほどほどで布団へ押し込まれたのだ。

ふたつの布団に分かれていることも耐えられなかった嘉槻は、すぐに青柳の布団へ忍んでいった。腕にしがみついているうちに、温かさでうとうと眠たくなり、嘉槻は意外にもぐっすり眠ってしまった。それがまた憎らしい。

顔をあげると、迎えの頼久が歩いてくるのが見えた。手を挙げて挨拶を交わす。

「大通りに車を待たせてある。……行こうか」

促されて歩き出した嘉槻は振り向かなかった。青柳に対する苛立ちが募り、悪態をつきたい気分になってくる。

「彼と喧嘩でもしたの」

とげとげしい雰囲気が伝わったのか、頼久がひっそりと聞いてきた。

「喧嘩にもならないんだ。それが悔しい」

嘉槻は素直に答え、深く息を吸い込んだ。

「でも、自分のことは自分で決める」

小声で決意して、横に並んでいる頼久を見た。視線がぶつかり、ふたりは笑い合う。

頼久にもまた、彼だけの物思いがある。自分の叔父がなにを考えているのかと、予測もつかない不安が渦を巻いているはずだった。


車を走らせること二時間。深い山へと入り、滝行で潔斎した後、用意された白装束に着替えた。山伏と同じ、鈴懸衣に鈴懸袴で、手甲と脚絆も白を身につけるが、結袈裟と頭巾は使用しない。

嘉槻と頼久のほかに三人の男が同行し、邦明は先頭を歩いている。

しかし、歩くと言えるほど優しい道ではなかった。地下足袋（じかたび）で登って行くのは獣道で、油断すれば木の枝に目を打たれそうになる。

岩場もあれば川渡りもあったが、六年間を山で過ごしてきた嘉槻には苦でもなかった。そのことに、頼久も三人の同行者も目を剥いた。二十代後半の男ばかりだが、息切れして体力が続かず、何度目かの休憩を邦明へ願いでた。

木々に囲まれた小川のそばで休むことを許されると、座っていられず、その場に伸びてしまう。嘉槻は川の水で顔を洗い、空を見た。胸元にすっぽりと収まって隠れている管狐にも、水をすくって飲ませてやる。

鳥のさえずりが飛び交い、風の音が遠くに聞こえた。ほんのわずかな違和感がよぎり、雪白と言葉を交わそうとしたところで邦明がやってきた。

「さすがだね。足腰の鍛え方がまるで違う」

「ありがとうございます」

立ちあがって答えると、邦明は腰の裏で手を組み、肩越しに頼久たちへ視線を投げた。たっぷりとしたため息をつく。

「まったく、困ったものだな。これでは封印儀式どころじゃない。……おもしろいものを見せてあげよう。こちらへおいで」

背中に手が回ったが触れられることはない。促された嘉槻は、先を歩く邦明を追う。

小川へ抜け出てくる際に使った獣道とは別の道へ入る寸前、頼久たちを振り向く。彼らはまるで眠ってしまったかのように横たわっている。いくら疲れていても、ここまで砕けた態度は不自然だ。

「邦明さん……」

「こっちだ」

違和感を伝える前に腕を引かれ、嘉槻はつんのめった。邦明の掻き分けた枝が跳ね、胸をしたたかに打たれる。

その瞬間、枝が当たったのか、雪白が悲鳴もなく嘉槻の衣の中ですくみあがった。

立ち止まりたかったが、手首を掴み直した邦明の力は強い。ひたすらに引っ張られる。雪白を気にしながらも歩を進めた嘉槻は、突然に稲妻のような既視感を覚えた。

「……っ」

以前にもこんなことがあったのだ。

相手は母だったか、父だったか、それとも別の術者だったのか。腕を引かれて見たのは、白装束の背中だ。

深い山に分け入り、低木の枝に打たれた嘉槻の頬から血が流れた。

その記憶がよみがえる。

そのとき、内太ももの淫紋が燃えるように熱くなった。

「あっ……！」

思わず叫んで、邦明の手を振り払う。あとずさろうとしたが、長い袖をむんずと掴まれた。鬼の気配に怖気立った嘉槻は、勢いよくぶつかってきた邦明の身体を避けることができない。

袖ごと腕を掴まれ、衝撃に全身を緊張させたままで立ちすくむ。

嘉槻は目を見開いた。邦明の向こうにあるのは、大きな岩場だ。

縄がかけられ、白い紙垂が揺れている。

なんらかの結界の中に入っているらしく、周囲の音が消えていく。それとは真逆に、淫紋の疼きは痛いほど激しくなった。

嘉槻はまばたきもせずに邦明を押しのけた。腹部が熱くなり、脈を打つ。

彼の手首を掴んで、ようやく視線を大岩から転じる。緩慢な動きで身をよじり、ふたりのあいだへ手を差し込んだ。

雪白は刺されておらず、音もなく胸元から飛び出て邦明の手首を噛む。

「ぎゃっ！」

悲鳴を発して飛びすさった足元に、血のついた出刃包丁が落ちる。いましがたまで、嘉槻の腹に刺さっていた凶器だ。

「……こんな、こと……」

嘉槻はふらつく。淫紋の異常もあって立っていられない。その場に膝をつくと、脈を打つように血が流れ出し、飛ぶ勢いで戻ってきた雪白が袖から衣の内側へ入り込む。小さな身体は汚れることも厭わず、止血代わりにぎゅっと嘉槻の腹へ押し当たった。

「……きみには、死んでもらわないと。……いつか思い出す。思い出されたら、困る……」

不気味に震えた邦明の声が聞こえてくる。そして、尻餅をついた姿勢のまま、突然に笑い出した。腹の底から響く、異様な哄笑だ。

邦明から狂気を感じ取り、嘉槻は深く息を吸い込んだ。刺された理由はわかっている。悪意の切っ先で刺されたとき、嘉槻の脳裏に映像が流れたからだ。

六年前のあの日、隠れていた嘉槻は、鬼に引きずり出され、淫呪をかけられながら尖った爪で肌を裂かれた。吹き出した血をすすれば、鬼の気力は戻ってしまう。両親はすぐに鬼の抹殺をあきらめて封印儀式へ術を変えた。

そこに邦明が加勢したのだ。三人がかりで封じることができ、そこまではよかった。

重傷の嘉槻を抱えて山を降りる途中で霧が出たのだ。淫呪をかけられた嘉槻の怪我は治りが早いはずで、必要なのは封印した地点からできる限り離れることだった。一行は闇雲に移動を続け、何度目かの休憩のとき、邦明が両親を襲った。

嘉槻が覚えているのは、母親の怒声だった。おそらく父が先に殺されたのだろう。

邦明は嘉槻を背負い、恨みごとを言いながら山を登った。

恨まれていたのは嘉槻の母だ。ふたりは許嫁で、母の駆け落ちによって邦明は辱めを受けたと思い込んだらしい。その上、退魔師になった夫婦の噂が耳に入り、恨みと嫉妬が彼を支配した。

両親の遺体から引き離された嘉槻は、捜索の術師たちの声を聞いた邦明によって、崖下へ蹴り落とされた。もしも、彼を探す声がなかったら……。

「邦明さん……、あなたは」

記憶の断片がもうひとつ、脳裏に浮かぶ。

邦明が悲鳴をあげて飛びあがり、取り落とした凶器を手探りで探し始める。

「思い出すな……っ！　思い出すな、この淫売が！」

その言葉を、六年前の邦明も繰り返していた。両親を殺めるときも、離れた場所で、嘉槻の肉体を支配しようとしたときも……。

邦明がもっとも恐れていることは、この記憶だ。人を殺したことよりも、母の奈槻を重ね、息子の嘉槻を犯そうとした。その事実を抹殺しようとしている。

だが、そのためにここへ連れてくる必要はない。嘉槻を始末するのなら、ほかにも方法はあっただろう。

わざわざ、山へ登ったのは、彼を操る邪悪な存在がいるからだ。精神に取り憑き、自分の餌をここまで運ばせた。

「いつから……っ」

思わず叫んだが、答えは返らない。おそらく、両親と封印儀式をおこなったときには、すでに彼だけが取り憑かれていたのだ。普通の術師なら防御するはずだが邦明はしなかった。契約を結べると過信した驕りへつけこまれたのだろう。

大岩が鳴動して、刺された箇所よりも頭の鉢部分が割れるように痛む。雪白が押さえても、嘉槻の出血は止まらない。

封じられているものが、嘉槻の血に共鳴していた。

ざわざわと木々の枝が揺れ始め、突如として暴風が吹き荒れる。紙垂が端から溶けるように燃えて、縄にも火がつく。

邦明が立ち上がり、呪符を取り出す。強力な結界が周囲を取り巻いた。あきらかに邦明の実力を越えた退魔師の術だ。

「……青柳っ」

嘉槻は思わず声をあげた。助けを求めるのではなく、自分を奮い立たせるためだ。

来ないで欲しいと願っても、青柳は来るだろう。

どんな手を使ってでも結界を破り、呪い主を仕留める。そして、嘉槻のためという大義名分を振りかざし、自分自身をも消滅させてしまう。それが人間である嘉槻の幸福だと信じているからだ。

轟音がして大岩が内側から破裂する。大小の岩が飛び散り、粉塵が舞う。

「ぐぁっ……ッ」

視界を奪われた中で邦明の悲鳴が聞こえた。やがて事態が見えてくる。飛んできた岩に両足を潰された邦明は笑っていた。すでに精神崩壊が進み、うつろな瞳は左右別々に動く。

鬼の力を利用しようとして、鬼に飲まれた者の末路だ。

正気が戻る保証はない。しかし、見殺しにもできなかった。

腹に押し当たる雪白ごと傷を押さえ、よろけながら邦明に近づく。足に乗った岩は大きく、片手ではとても動かせない。

「邦明さん……っ！　邦明さんっ！　あなたは……っ、生きて償って、ください……っ」

袖から呪符を取り出し、素早く上から文字を重ねる。丹田に力を込めて、岩へと飛ばす。触れた瞬間、岩は粉々に砕け、邦明は力尽きて失神する。

這うようにして近づいた嘉槻は動きを止めた。

禍々しい気配が一直線に飛んでくる。かわす余裕はなく、気づいたときには足を掴まれて宙に飛んでいた。

嘉槻は宙づりにされながら、相手を見る。それは青い物体だった。感覚では三メートルほどの背丈があり、鎧のような筋肉をまとい、額に異様な形の突起物がついている。鬼だ。

しかし目視することはできなかった。まとった気配が邪気に満ち、認識しようとするだけで吐き気がする。

嘉槻は身をよじり、袖から呪符を取り出そうと試みる。しかし、逆さに吊られている上に、相手は呪い主だ。封印されていたあいだの飢えを満たそうとする鬼の興奮が身に移り、淫靡な感覚で支配されて理性が途切れていく。

「……嘉槻さま！　主さまを……、主さまを……っ！」

腹にくっついた雪白の叫びが聞こえた。

まだ駆けつけてこないのは、邦明が敷いた結界のせいだ。嘉槻は奥歯を噛む。こんな状況は想定しなかった。

どんなときでも、青柳は風のように素早く現れ、嘉槻を助けてくれたからだ。

悪鬼の尖った爪が嘉槻の鈴懸衣に突き刺さり、まるで紙切れのように切り裂かれる。

袖に隠した呪符が舞う。嘉槻は素肌をあらわにしながら、手を伸ばして掴もうとした。ぬめった太い舌が近づき、腹を舐められる。強烈な嫌悪感で鳥肌が立つ。しかし、淫呪の刺激で吐息も溢れてしまう。

泣きたいほどの屈辱を感じ、嘉槻は大声を張りあげて喚(わめ)いた。

ひとくちで食われてしまうなら、まだいい。

しかし、舐めしゃぶられ、もてあそばれることは、想像するだけで我慢ができなかった。

この身体は青柳のものだと思う。

貪ることを許すのは、この世で唯一、あの鬼だけだ。

伸ばした指先に呪符が触れる。嘉槻は指を揃え、宙に呪図を描いた。紙に書かれた複雑な文様が呼応して光る。

とっさに使ったのは、青柳から教えられた中で最強の術だ。封印師には扱いきれない退魔の文様だったが、嘉槻が臆することはなかった。

使えると信じたから、青柳は教えたのだ。

空気が震え、呪符が赤から青に燃えていく。次の瞬間、強い波動がパンッと弾けた。青い悪鬼が吹き飛ばされ、嘉槻は宙に投げ出される。

急激に近づく空は黒い雲に覆われていた。次に重力に引かれて落ちることは道理だ。身を守る方法はない。

嘉槻は空に手を差しのばして叫んだ。

「青柳！　青柳！　……早く！」

地団駄（じだんだ）を踏むような気持ちが、登場の遅さをなじる。嘉槻は感情のままに呼びつけた。早くここへ来て助けてくれと、心で命じる。

宙に放り投げられた嘉槻の身体は、放物線の頂点を過ぎていく。

急降下を予測したが、そうはならない。広い胸板が嘉槻に寄り添っていた。腹の傷をいたわるように抱き留められる。

「嘉槻、結界を張れ。雷鳴を呼ぶ」

結界を突き破って現れた青柳は、片腕に嘉槻を抱き、宙に浮いたまま、巨大な青鬼を見下ろす。指には二枚の呪符が挟まれている。

嘉槻は戸惑わずに、その一枚を引き抜いた。

もう一枚は青柳が宙に投げる。

それぞれがそれぞれの呪図を描き、呪符の文様と呼応させる。嘉槻が使ったものは、狭い範囲の結界呪図で、青柳が使ったものは、強力な雷の呪図だ。

二枚の呪符は同時に光を放ち、ビリビリと空気が震えた。上空を覆う黒い雲に切れ目が入り雷鳴が轟く。

青空が垣間見えて、ドンッと衝撃が走った。稲光がジグザグに動き、青い巨体が引き裂かれる。青柳は間髪入れずに二破三破と雷（いかずち）を呼ぶ。

同時に、相手が弾いてくる光を避けながら嘉槻をかばった。鬼の叫びが途切れ、舞い落ちる木の葉のように、ふたりは螺旋（らせん）を描いて地面へ降りていく。

「……嘉槻っ！」

青柳の叫びを聞きながら、嘉槻は目を閉じた。

もう安心だった。吐き気をもよおす悪鬼の気配が消え、すべてが終わったと直感する。

それと同時に、刺し傷を残したままで淫呪を解かれた身体は、おびただしく出血した。

腹にしがみついている雪白があわてふためいた声を出し、嘉槻は吐血しながら青柳の着ている白い着物を掴んだ。

嘉槻をかばったために、ところどころ切れて、血が滲んでいる。

「……そばに、いて」

じっと見つめたつもりだったが、まぶたはろくに開かない。青柳の腕に掻き抱かれ、嘉槻の視界は黒く欠けていく。そのまま昏倒した。

＊＊＊

まだ、ものの道理もわからない子どもだった。

親の真似をして呪符を光らせたり、燃やしたり、ようやくそんなふうに術師としての一歩を踏み出した嘉槻の前に、その男は黙って座っていた。

名前はない。鬼だから。

悲しくなるような美貌の男は意地悪そうに笑った。

嘉槻は小首を傾げて、足元を跳ね回る管狐を目で追った。

「あれは影月、あれは雪白、あなたは青柳」

ひとつひとつを指差して、嘉槻はさらさらと覚えたばかりの漢字を宙に描いた。

「どうして、あおやぎ?」

美丈夫な男は笑って髪をかきあげる。

「家のそばの柳は、風に揺れて、いつもきれいだから。……ねぇ、どうして、さびしそうなの？　ひとりぼっち？　鬼はさびしい？」

「なるものじゃないな、鬼なんて」

答える口調もやはり物寂しく聞こえ、嘉槻は立ちあがって彼の頬に触れた。吸い込まれそうに美しい目をしていると思う。

にこりと笑った嘉槻は、まっすぐに言葉を向けた。

「じゃあ、やめたら？　やめたらいいんだよ。ね、青柳」

鬼の意味もおぼろげにしか知らず、名前をつけることが契約になるとも知らず、ただ、さびしさを感じさせたくなくて口にしたに過ぎない。しかし、子どもなりの衝動があった。

「ぼくがきっとやめさせてあげる。だから、ひとりぼっちじゃないよ」

整った顔立ちに魅入られ、笑って欲しいと思った。それが嘉槻の淡い性の芽生えで、いまに続く、淡い初恋だった。


呼ばれた気がして、爽やかに目を覚ます。

見えたのは網代(あじろ)を貼った天井だ。六年間暮らした、懐かしい山の庵だと、すぐにわかる。

意識を取り戻すと、目覚めの爽やかさが吹っ飛んだ。

腹部に痛みを感じ、全身が緊張していく。息が浅くなり、喘ぎながらまばたきを繰り返した。

ズキズキと痛むのは邦明に刺された傷だ。

嘉槻はぼんやりと天井を見つめ、何度目の目覚めだろうかと数えてみる。衣服は着ておらず、腹に包帯が巻かれ、薄い布団がかかっていた。

意識を取り戻しては、鎮静作用のある生薬を飲まされ、苦さに卒倒しそうになりながら眠りに落ちた。

夜が来て、昼が来て、朝が来て、時間の経過はちぐはぐで不明瞭だ。

夜だけを数えれば五回、昼と朝ははっきりしない。障子が開いていることもあれば、閉じていることもあり、外が明るいことしかわからなかった。

「気分はどうだ。まだ痛むか」

青柳はいつも同じ場所に座っていて、嘉槻が目を覚ますたびに覆いかぶさってくる。目を見つめ、体調を調べているのだ。

「うん……痛い……。気分が、悪い……。眠りたい……」

正直な言葉を連ねて、嘉槻は涙ぐんだ。

「しっかりするんだよ、嘉槻」

頬を撫でられ、くちびるが近づく。

「血は止まった。傷も塞がっている」

けれど、皮膚の下には癒えない傷がある。疼痛が引かず、嘉槻は衰弱していた。正気なのは、眠って目を覚ますときの数秒だけだ。

「痛い……。青柳、痛い……」

喘ぐように訴えた瞳に涙が滲む。やがて溢れて、耳へと転がり落ちていく。

「気をしっかり持つんだ。嘉槻……生きるんだ」

手を握られ、励まされる。

それは六年前にも聞いた言葉だ。両親を殺され、崖から蹴り落とされて生死の境をさまよったとき、青柳は契約主である嘉槻の異常を察して駆けつけた。

山の庵へ連れて帰り、記憶の曖昧だった嘉槻に嘘を吹き込んで、生きる気力を与えたのだ。名前を与えたことすら忘れていた嘉槻はあっけなく騙され、疑惑と恩義の狭間で迷いながら修行の日々を過ごした。

「……青柳」

傷口をえぐるような耐えがたい痛みに顔を歪め、嘉槻は手探りで青柳の袖を掴んだ。やわらかな生地をぎゅっと握りしめる。

「ぼくが死ねば、あなたは……自由に」

「そんなことを望んだことがあったか。殺してくれと頼んだろう。死ぬのは俺で、きみは生きるんだ」

嘉槻の手を押さえた青柳の声がかすれて聞こえる。痛みで会話に集中できず、涙をこぼしながら青柳の袖と手を一緒くたに握った。

気力が回復しないのは、実力を超える強い呪術を発動させたからだ。嘉槻にはまだ早く、なによりも怪我がいけなかった。

自分の体力と気力を担保にしたのだ。

いつ終わるとも知れない疼痛は重く、気力が戻るとはとても思えない。これが続くなら死ぬほうがましだとさえ思える。

「……薬を」

身体を離そうとする青柳を引き寄せ、震えて止まらないくちびるで名前を呼ぶ。幼い嘉槻が無邪気に与えた名前だ。

風に揺れる柳の葉は、彼にとてもよく似合っていた。

「僕に、あなたが、殺せると……？」

かすれる声で問う。

「じきに力が備わる。だから、生きてくれ」

「あなたを……殺す、ために……」

嘉槻は首を左右に振って拒む。そんなことができるはずもない。

こんなにも愛して、こんなにも求めている。この手で存在を消し去るぐらいなら、いますぐに消えてなくなりたい。

青柳をじっと見つめ、気持ちを伝える言葉を探した。しかし、痛みに邪魔をされる。

「おまえが成長していくのを見ていたかった」

枕元に置かれた薬へ手を伸ばした青柳は焦っている。痛みに唸る嘉槻を見ていられないのだ。取り繕っている冷静さは、この数日で何度も崩壊している。薬が効かず、泣き叫んで気絶する嘉槻を胸に抱きつづけた日もあった。

おぼろげに思い出し、嘉槻は目を閉じる。涙がこぼれて、青柳の袖を濡らす。

「こんなに惚れてしまうなんて想定外だ。俺はおまえに終わらせて欲しいと思って……、だから、契約を交わしたんだ。嘉槻、薬を……」

「……食べてよ」

差し出される丸薬を押しのけ、着物の衿を掴む。

「わかってるはずだ。……ぼくは、だめだ。もう、無理だ」

「無理じゃない。日に日に良くなってる」

「……気がおかしくなる。こんな……」

「いまだけだ」

「嘘つき」

まっすぐに見つめて、痛みから逃れるためではなく、最後の話をするために、青柳の頬に触れる。

「もっと元気なときに、食べて欲しかった。……あなたになら、どんなことをされても、よかったのに」

「……嘉槻」

青柳の目元が歪み、丸薬を握りしめた手が震える。

嘉槻を守り、育て、そして、殺される日を夢に見ていた男の瞳が潤む。透明で美しい涙が溢れ、こぼれ落ちていく。

しかし、奇跡は起こらない。

そんな都合のいいことは、この世の中に存在しない。

「なにがあっても、俺はきみを食べたりしない。人間に生まれて、道を外れて鬼になった。最後は人間として死にたい」

「……できないよ」

浅く息を吸い込んで、嘉槻は涙を流す。相手の気持ちを考えて話すような余裕はない。

「あなたを、殺せる……術師は、ない」

「きみがいる」

嘉槻の額を撫でた指先から丸薬が転げ落ちる。震えながら身を伏せた青柳は、閉じていく嘉槻のまぶたにくちづけた。

「嘉槻……死ぬな、嘉槻……」

「痛いんだよ。もう……痛くて……」

くちびるは空動きして、絶望的な墜落感に襲われる。

「死にたいぐらい、痛い……。耐えられない」

「薬だ、薬……」

ハッと息を飲み、青柳が身を起こす。

「青柳……、後悔しないうちに……延呪を」

目を閉じた嘉槻は、息も絶えだえに口にする。

「死ねば、終わりだ……。ね……できる、だろ……」

「そんなことをしなくても、きみは生きる。死んだりしない」

嘉槻のくちびるに丸薬を押し込み、口移しで水を飲ませてくる。しかし、脱力した身体は水を嚥下することもできない。

「……あきらめて」

嘉槻の言葉は声にならなかった。

ふたりを包む空気が凍えて、耳へ流れこむ音が失われていく。五感がひとつひとつ欠けて、最後に残った触覚も遠のいた。

命のともしびが消えていく瞬間に、すべての執着が崩れ去る。

「嘉槻……っ」

手の甲に触れた青柳のくちびるが動く。かすかに、ただそれだけが、今生の名残になって

……そして……。

閉じたまぶたの裏に閃光が走り、鼓動を止めた嘉槻の身体が跳ねる。

青柳の悲痛な咆吼が遠くから近づく。そして、現世から離れていこうとしていたひとつひとつが引き戻された。

パッと開いた視界に、絶望を滲ませた男の美貌が映る。

望まぬ行為を強いたと、わかっていた。

それでも、彼をひとりにすることができずに願ったことだ。想いは伝わると、信じていた。

「……青柳」

声はまだかすれている。

「三日三晩だ。性交を続けて、体液を交換する」

言うなり、布団が剥がれた。青柳の逞しい肉体が重なり、膝を左右に割られる。

「……っ」

抵抗する体力も気力もない嘉槻は素直に身体を開いた。自分が望んだことだとわかっていたが、いつ出血するともわからない傷を抱えながらの行為はつらい。

しかし、指が差し込まれ、ほぐれるまで執拗に掻き回される。

「あっ、あっ……あー……っ」

初めは悲鳴だった。傷が痛んで、挿入されている衝撃も感知できない。青柳は最大限に気を使って動いただろうが、嘉槻には苦痛しかなかった。

泣いて喚いて、動かない身体を投げ出す。

青柳は何度も視界に入ってきて、嘉槻にくちづけをした。それしか、ふたりの意思を繋ぐ行為はなく、視線も言葉も交わせない。

やがて青柳は一度目の精を放ち、すぐに硬さを取り戻して続きを始める。嘉槻はまた泣いた。痛みを感じることは生を実感することであり、次第に理性を失っていく青柳を受け止めることは、新しい命の始まりを意味している。

だから獣の交わりに身を委ねた。喘いで叫び、身体の奥へ沁みていく青柳の精を感じる。

一日目は傷を苛むような苦痛が続き、耐えて二日目は内側から傷が塞がった。

嘉槻は何度も意識を失ったが、青柳は寝食を忘れて行為を続ける。目を覚まして挿入されていることもあれば、身体中をあますことなく舐められ、あらぬ場所をしゃぶられていることもあった。

上からも下からも青柳の精液を飲み、嘉槻もあらゆる体液を吸われる。

三日目。しんしんと冷たい空気の中で身体を拭われ、暖かな布団にくるまれて重湯を飲んだ。

嘉槻を背中から抱いた青柳が、ゆっくりと匙(さじ)を口元へ運んでくれる。

「……僕は」

草庵(そうあん)の障子は開き、山に初雪が舞い落ちていく。

嘉槻の声は嗄(しゃが)れていたが、あたりが静かなのでよく通る。

「……満足、です……」

「俺は不満だ」

不機嫌を隠そうとせず、青柳の声は暗い。

「あなたには、僕の契約があって、僕には、あなたの呪いがある。これで対等だ」

「……なにが」

なおも不満げに鼻で笑い、青柳は重湯を掻き混ぜる。

彼の背中に体重を預けた嘉槻は、正反対にすがすがしく笑った。

「そのときがきたら、あなたを殺してあげます。必ず、あとを追うから……」

「本当だろうな」

念押しには返事をせず、話を変える。

「邦明さんは、両親を恨んでいたんですね」

「妬んでいたんだろう。なにごとも奈槻と比べられていたらしい。きみの母親は出来がよすぎて、あちこちに敵がいた」

「困った人だ。僕もそうなるかな」

「寿和が温和だったから、だいじょうぶだろう。……あの男は、鬼に魅入られてしまった。六年前のあのとき、すでに気が触れていたかもしれない」

「邦明さんが両親を殺したことを……」

「俺は知っていた」

青柳はひっそりと口にする。

「……間に合わなかったんだ。悪かった」

「謝らないでください。あなたにも理由があるんでしょう」

「……あの頃、人に頼んで、しばらく封印されようかと試していたんだ」

「本当ですか？」

嘉槻は驚いて目を見開いた。青柳は片方の肩だけを引き上げて皮肉げに微笑む。

「力は削られたが、封印までは行かず、相手がダメになって……それも悪いことをした」

「もう、バカなことは考えないでくださいね」

「きみの言う通りにするよ。これからは、なにごとも」

嘉槻の口元へ慎重に重湯を運び、こぼれないよう丁寧に飲ませてくれる。嚥下しても喉は痛まない。風前のともしびだった気力も体力も、この二日間の交わりで満ちていた。

湯浴(ゆあ)みも食事も問題なく自力でおこなえるのだが、あれこれとしてくれるのが嬉しくて口に出さない。青柳も知っていて、世話を焼いている。

なにをしても指先まで優しく丁寧で、まるでかしずくようだ。

「僕が契約で縛っているように、あなたは呪いで縛っていて」

「こんなつもりじゃなかった。あれと相打ちで死ぬつもりでいたのに」

いまいましげに言う青柳が重湯の器を盆の上に戻す。青柳から離れた嘉槻は、布団にくるまったままで両膝を揃える。

「ものごととはね、とかく、思い通りにはいかないものです」

「それでもだ。きみに呪いをかけたくなかった」

片膝に肘をついた青柳は髪をかきあげる。薄衣から逞しい腕が見えて、嘉槻の平常心を乱していく。

昨日の晩は、快感の強さがたまらず、噛みついた。その瞬間に青柳は精を放ち、それがまたふたりのあいだに深い悦を呼び込んだ。

そういうことを思い出しながら、嘉槻は言う。

「僕は、欲しかったんです」

「……だから、仕方なしだ。きみが欲しいと言うものは、もう、なんでもあげる覚悟だよ」

「じゃあ……」

目を伏せた嘉槻は長いまつげを震わせる。

剥き出しになった男の内ももを視線でなぞっていく。

「あなたを、すべて、ください」

布団を肩にかけたまま膝でにじり寄り、両手を伸ばして青柳の頬を包む。嘉槻ははにかみながらくちづけをした。

「あのとき、少しもこわくなかった。あなたが引き戻してくれると信じていたから」

「……俺はこわかったよ。もう二度とごめんだ。きみを失うことは、考えたくもない」

嘉槻の肩にかかった布団をずらし、青柳が顔を伏せる。中は全裸だ。くちびるが触れただけで甘い息がこぼれ、嘉槻は手を伸ばした。

乱れた薄衣の裾を掻き分けて、ずっしりとした肉の象徴を握る。眠った状態でも嘉槻の指が回らないほどに太く、脈を打つとますます成長していく。

「どうして……、僕らの契約を黙っていたんですか」

「それを理由に求めていると思われたくない」

「理由じゃなかったんですか」

青柳の心を知っていて、からかう。

「快楽を知って、可愛げがなくなったな」

青柳の手も伸びて、嘉槻の下腹部をなぞる。腰回りを包んでいる布団の中へもぐり、うっすらと残る傷をたどってから、毛並みをくすぐって突起を握った。

「……嘘つき」

嘉槻は甘くささやいて、青柳にくちづける。

表情を覗き込むと、照れた青柳の視線が逃げていく。それを追って、またくちびるを押しつけた。

「あなたが教えた快感です。……可愛げは残っているでしょう」

「じゃあ、聞くまでもない」

「聞きたいんです。……意地悪されるよりも、厳しくされるよりも、僕は甘やかされたい。この六年間、僕はひたすら耐えてきましたから……」

「きみを一人前にしたいがためだ」

「知っています。まだ一人前に足りないことも、知っています。……あなたの優しさが、海より深いことも、僕は知ってる」

互いの象徴をさすりながら、どちらからともなく、くちびるを吸い合う。青柳のぬめった舌が差し込まれ、嘉槻は震えるように伸びあがった。

「ん……っ」

「きみに、可愛げを感じなかったことは、ない。それに、きれいになった。もっと、根性も魅力もなかったら、逝かせてやれたのにな」

「惜しく……なった……?」

指先に焦らされ、嘉槻の息が乱れる。

「その通りだ。もっと、きみと交わって、いやらしいことをしたい」

背中を抱いた指が肌を淡く愛撫していき、二日間も抱かれ続けた嘉槻の身体は条件反射で熱くなった。火照りはあますことなく肌を覆い、青柳の最大限を知る敏感な場所が疼いてくる。

「あんまりしたら、飽きるのも早いのに……」

うつむいて、いやいやをするように身体をひねったが、青柳の腕からは逃れられない。

「本当に、飽きると思ってるのか……。俺ときみは、まだこれからだ。快感は……重ねるごとに深くなる……。ここから先は、俺も知らない領域だ」

じっくりと瞳を見つめられ、嘉槻はくちびるを閉じた。

嘘つきと言いかけた言葉を飲み込み、嘘でもいいと信じ切って青柳に身を任せる。促されるままに足を開き、勃ちあがった陰茎をさらして見せた。そこへためらいのない舌が這って、根元から吸いあげられる。

快感に弱い嘉槻は震えて身悶え、せつなく青柳を呼んで精を放つ。

それから、同じように舌先とくちびるで愛撫を返し、ねっとりと濃厚な体液を喉に受けた。

青柳の指がくちびるのあいだへ差し込まれ、白濁を残した嘉槻の舌をなぞる。敏感な肉片をいじられると腰がよじれた。

「青柳……」

「うん」

顔が近づいてきて、指のそばから舌が這った。

「……きみを愛している。こうなったからには、離れることなく尽くすと誓う」

ちゅっと音を立てながら、くちびるを吸われ、嘉槻は大きく息を吸い込んで両腕を伸ばした。

胸が激しく騒いで、言葉が出てこない。

ただ、しがみつくだけだ。

「きみは……？　教えてくれ」

そう言いながら、青柳の指はうごめき、嘉槻の奥地を求める。

「……んっ」

「嘉槻、教えて……」

甘い戯れを楽しむ青柳の息づかいが耳元へかかり、青柳を受け入れ続けた場所はやすやすと指を飲み込む。たっぷり注がれた精の残滓があり、濡れた音を立てる。

青柳の太竿で慣らされた肉もふっくらとほどけていたが、くの字に曲がった指に浅い場所をえぐられ、痙攣するように波を打ってすぼまる。

「あ。あぁ……っ」

快感の声を漏らす嘉槻は両腕で顔を覆った。もう傷は痛まず、青柳も野獣のような性をぶつけてこない。そうなると、身悶えて消え入りたいほどの羞恥がよみがえってくる。

「溶けるぐらいに交わってきたのに、まだ恥ずかしいのか……」

指を絶え間なく動かして嘉槻を喘がせながら、青柳は嬉しそうな息づかいで肌をなぶる。自分の腰を挟んでいる膝を撫でて押し広げ、淡く色づいた乳首へ舌先を伸ばした。

「うっ、く……っ」

そっと舐められたあとで、吸いつかれ、その刺激に嘉槻の腰が浮く。

声をあげると、なおも舌が動き、小さな粒がもてあそばれた。ゾクゾクッとした快感が背筋を走り、嘉槻はのけぞりながら敷布を足で蹴る。

「あ、ぁん……っ」

指を差し込まれた場所が火照り、あきらかに疼いた。

「青柳……、そこ……」

「指で届かないところに当てて欲しいんだろう?」

優しさを装った卑猥さで青柳がささやき、指が抜けたかと思うとふたりの位置が逆転する。

仰向けになった青柳の胸に手を押し当て、嘉槻は驚きの表情で相手を見下ろす。

腰が掴まれ、付け根のスリットに固く張り詰めた昂ぶりが挟まれる。青柳の腰つきに合わせて、ずりっと動いた。

「あっ……」

くっきりと削り出されたカリ部分に、ほどけた裏の花弁が引っかかる。

「そのまま、沈んでおいで」

「……え」

嘉槻はたじろいだ。浮かせた腰をおろすように促されたが、寝そべった青柳に見られていることが恥ずかしい。もう何度も挿入の瞬間を見られているのに、それでも、肌がしっとりと汗ばむほどに戸惑った。

「支えているから」

言葉と同時に手を掴まれ、支えを失った嘉槻の腰が沈む。そそり立った青柳は鋼鉄のように硬くなっている。それが嘉槻のやわらかな肉に飲まれていく。

「あ、あぁ……。あっ……」

初めての体位に打ち震えて、嘉槻は顔を伏せた。けれど、こらえきれずにのけぞる。

「あぁっ」

内側から肉を押し広げられ、こすられる快感に内ももが痺れていく。

淫呪と違い、延呪では淫紋が刻まれない。すっかりとなめらかになった肌は湿り気を帯び、青柳の逞しい腰に沿う。

「ん、んんっ……」

「きれいだな、嘉槻……」

下方から貫かれて伸びあがるように腰をよじらせた嘉槻は、熱っぽい息を漏らして青柳を見た。白い肌は汗ばんでほの赤く染まり、長いまつげがけぶるように瞳を縁取る。

閉じたり開いたりを繰り返すくちびるが、深い情感を滲ませて舌先をちらつかせた。

「あ……深っ、い……」

嘉槻の華奢な腰が情欲に揺れて、青柳の昂ぶりがまた太さを増す。そして、いっそう伸長した。うねるような先端が律動する。

「あ、あっ……」

ゆっくりと沈んでいく身体がさらに貫かれた。

「……やっ」

苦悶の表情が柳眉のあいだに溢れ、次の瞬間には髪を振り乱すほどの悦になって弾ける。嘉槻はぎゅっと指に力を込め、青柳に掴まった。

「あ、あ……や、だ……」

腰がおのずと揺れて、濡れた内壁はねじれながら青柳を包み込む。すり寄った柔襞が切っ先に掻き乱された。ぞわっとした感覚に痺れ、嘉槻は汗に湿った髪を揺らして首を左右に振る。

「ん……んっ、ハッ……ぅ……ん」

　深さから逃れようと浮かせた腰を追われ、生々しく貫かれてしまう。動きは地味で慎重だが、胴回りの太さと先端までの長さがすさまじい。ほんのわずかに突かれただけでも目の前で光がまたたく。

「あ、あっ……、あっ……」

　のたうつ蛇のような陰茎に翻弄され、涙を滲ませた嘉槻はうつむいた。苦しいほどの快感が肉体へと沁みるのに任せて、息を乱しながら腰を落としていく。

　貫かれて背筋が痺れ、片手で青柳の手を掴み、強く絡める。

　すると、もう片方の手のひらで内ももを撫でられた。

「あぅ……」

　青柳の指が肌を押して、爪が食い込む。

「……青柳」

　手のひらを重ねると、太ももをなぞった青柳があごを反らす。

「あぁ……嘉槻……」

　男の凜々しさに、情欲をたぎらせた表情が混じって淫猥だ。

　何度も肌を撫でられた嘉槻は、初めて身体を重ねた頃を思い出す。淫紋を掴むように手で覆った青柳は、他者が刻んだ呪いを見るまいとして隠していたのだ。

そして、嘉槻を優しく抱いて、無理に手に入れようともしなかった。

鬼のくせに、鬼らしくない。

だから、青柳はどこまで行っても彼だ。善と悪を胸に秘めて、人ならざる存在としてそこにいる。

「……もっと……きもちよく、なって……」

羞恥をこらえて腰を揺らし、青柳にまたがった姿勢でぎこちなく円を描く。相手を愛してやりたいと思うのに、生まれてくる快感の大きさに嘉槻は飲まれてしまう。

はぁはぁと喘ぎ、何度も背中を反らして、快感を積んでいく。

「顔を、見せて」

青柳も息を弾ませ、腰を使う。突きあげは次第に激しくなり、熱っぽく求める瞳に射抜かれた嘉槻の胸は掻き乱される。

どうにもできないほどの淫欲に迫られ、青柳の片手にすがりつく。

欲しくてたまらずに腰をこすりつけ、声をあげて乱れた姿をさらした。

「あ、あ……っ、い、い……。深い……とこ……あ、あぁっ……」

全身がひっきりなしに痙攣して、内壁もまた奥の奥までよじれていく。そこを、青柳は容赦なく開いた。

「あぅ……ぅ」

ふたりの下半身はぴったりと寄り添っている。なのに、青柳の熱は跳ねて奥へと進んでいく。

「……あぁ、だめ……もう、もう……」

上半身を起こした青柳が、汗に濡れた背中を抱いてくる。嘉槻は彼の肩に掴まり伸びあがった。それもまた内壁に対する刺激になり、逃げた腰は両腕に引き戻される。

「あぁっ！」

甘い悲鳴を振り絞った嘉槻の性棒から蜜が溢れた。透明の液体が熱く青柳の腹に降りかかる。

「あ、あっ……」

「嘉槻、好きだ。好きだよ」

繰り返される告白の言葉が、嘉槻の全身を駆け巡る。下半身を貪るような肉ののたうちよりも、その言葉が快感の火種だ。

愛している男に求められている充足感に勝るものはなく、むしゃぶりつくように青柳にくちづける。

「ん……ん、……僕、も……好き……、あなたが、好き……」

情感は、とめどなく溢れてくる。それを伝える方法がほかになく、何度もくちびるを押し当て、技巧のないあどけなさで吸いつく。

青柳は笑い出し、しばらく嘉槻の好きにさせ、腰を撫でながら待っている。そして、ふたりのくちびるのあいだへ、そっと指先を差し込んだ。

「……俺といることを、後悔させない」

嘉槻を覗き込む瞳には微塵の翳りもない。嘉槻は微笑んで見つめ返した。

「僕も」

そうとだけ答えて目を閉じる。甘い吐息をこぼしてのけぞっていく首筋に青柳のくちびるが這う。背中を抱かれ、腰に責められる。

「あぁ……っ」

嘉槻は声をあげ、涙をこぼした。愛される喜びと、すべてを投げ出して与えられる快楽の両方が、ふたりのあいだで渦を作っていく。

大きな快感によがり、汗ばんだ身体を押しつけ合う。

「あ……ぁ、い、く……っ。いく……っ」

青柳の髪を握りしめ、嘉槻は嬌声を振り絞った。

「あ、あん、ん……んーーっ、あぁぁ……ッ」

揺すり動く青柳も激しさを増し、嘉槻をみっちりと塞いだ肉棒が根元から律動した。まるでコブが移動していくように先端までがうごめき、大量の体液がほとばしる。

のけぞった身体を抱きとめる青柳の腕は逞しく、少しの危うさもない。

「あ……ぁ……」

ドクドクと脈を打って振りまかれる熱を奥の奥まで注がれた嘉槻は放心した。身体は痙攣を繰り返していたが、自分では指の一本も動かせない。

「はぁ、は……ぁ……あっ！」

布団へおろされると思っていた嘉槻は驚いた。喉で息が引きつる。

身体が裏返され、腰が引き寄せられた。深々と刺さったままの青柳は抜けず、吐精を受けた内壁がぐりぐりとよじれる。

「ん、んっ……」

膝をついた嘉槻は抗議の声をあげようと息を吸い込んだ。

けれど、快楽には勝てない。腰を掴まれ、後背位で出し入れをされると、膝に抱かれていたのとは違う感覚が走った。

「あ、あ……ん……」

青柳が動くたびに、腰が勝手によじれ、嘉槻は顔を伏せる。敷布を集めて握りしめ、額を強く押しつける。

足の指先に力が入り、ただただ気持ちがいい。

「あーっ、あ、あーっ、い、く……っ」

びくっと腰が揺れ、痙攣が広がる。

それを見た青柳はまた激しく腰を使い、嘉槻を責めた。

「だ、め……。い、った……か、ら……。あ、あ、あー……っ」

「もっと、悦くなる……そうだろう」

青柳の額からあごへと伝い流れた汗が、太ぶりを根元まで飲み込んだ嘉槻の臀部へしたたり落ちる。どちらの息も激しく乱れ、まるで獣のようだ。

けれど、聞く者も、見る者もない。たとえ、いたとしても、快感をこらえられるはずがなかった。

愛情が溢れ、情欲が震え、もっと相手の快感を揺さぶりたいばかりだ。

「あ、く……っ、あおやぎ……っ」

「ん……、きみがいやらしいから、何回でも、できる……」

没頭した声は笑みを含み、卑猥に響く。

嘉槻は背中をくねらせ、腰を逃がす。それから戻し、青柳へと押しつける。

あらぬ場所まで刺さって動く鬼の性と交わる快感にも臆することはなく、すべてを受け入れてよがり泣いた。

庵の障子は開いたままで、雪は降り続いている。

敷布を握りしめる嘉槻の手に、青柳の汗ばんだ手が重なり、指が絡んだ。

何度も気が遠くなり、何度も意識を手放し、目覚めるたびに見えるものが違う。彼の胸であったり、網代の天井であったり、敷布だったり、雪帽子をかぶった木々だったり……。

嘉槻は涙を流しながら、青柳の優しい指にすがりつく。

くちびるを押し当て、何度も好きと繰り返し、これが永遠に続くのだと幸福に浸る。同じことを青柳も感じているのだろう。嘉槻と交わる執拗な腰つきは優しさを増し、ふたりの情欲は果てることなく育って満ちて溶けていった。

＊＊＊

「お世話になりました」

依頼人からふかぶかと頭を下げられ、背広姿の嘉槻も深くお辞儀を返す。ほどよいところで姿勢を戻し、会釈して背を向ける。

なにげなく目に入った細い桜の木は満開で、ときおり小さなはなびらが舞い落ちる。

格子戸を抜けて、外へ出た。

今日の案件は、骨董屋から手に入れた能面の精査だ。つまり、呪いや祟りがないかを確認して、それ相応の対処をする。今回はなにごともなかったので、これから魔がつかないようにと小さな呪符を添えて終わった。

去年の秋の一件は祥風堂の内部でひっそりと処理され、邦明は蟄居の身となっている。実際には精神が壊れ、人前に出られない状態だ。彼によって睡眠薬を盛られていた頼久は、なにが起こったのかを知らず、断片的な事実を繋ぎ合わせて奔走した。

つまり、嘉槻が死んだと思い、山に捜索班を派遣してくれたのだ。しかし、別の山にある庵に隠れていたのだから、見つかるはずはない。

事態を察知した青柳が、単身、彼と会い、すべてを片付けてから、嘉槻はなにごともなかったように山を降りた。淫呪が解けて、ふたりのあいだに契約が成立したことは知らせた。『槐風堂』の看板は変わらずだ。

しかし、延呪がかけられたことは秘密にしている。老化の遅さでいつかは知られるだろうが、それまでは黙っているつもりだった。

「はぁぁぁ、退屈な案件でしたねぇぇぇ」

背広の胸元から、しゅるると姿を現したのは白い毛並みの管狐だ。嘉槻の首回りを二周して、腕を伝って手首に巻きつく。雪白のふわふわしたやわらかな尻尾が揺れる。

嘉槻は手首を頬へと引き寄せて、そっと毛並みを感じた。すると、横から伸びてきた手が雪白の首根っこをつまんだ。

「あああ……」

鳴いた雪白は、短い手足をばたつかせて抵抗する。管の中へ放り込まれたくないからだ。

「おつかれさま」

雪白を管へ入れず、自分の肩へと放り投げた青柳が身を屈める。その肩では、焦げ茶色の影月が細い尻尾を伸ばし、雪白の尻尾を掴まえていた。二匹は複雑に絡まり合い、嘉槻の頬にくちびるを押し当てる青柳の背広へしがみつく。

「うん……」

嘉槻はなにげなく振り向き、くちびるを触れ合わせる。すぐに離れて歩き出した。

頬がほんのりと熱くなり、身体が夜毎の情事を思い出してしまう。

意識的に深呼吸を繰り返し、道端の山吹に目を向ける。春の明るい陽差しに、群れて咲く黄色の花が眩しい。

「今夜は、なにが食べたい」

青柳の手が嘉槻の背中へ回り、腰あたりを探る。その手を掴んだ嘉槻は指を絡めた。外では距離を置くつもりでいたが、青柳が近づいてくるとすぐに忘れてしまう。

ふたり暮らしの中では、いつもそばにいて、暇があれば指を絡めくちびるを合わせ抱き合っているのだから、仕方がない。

「なにがいいかな」

背の高い青柳を見あげて、嘉槻は頬をほころばせた。

見つめるだけで愛しい生涯の伴侶だ。当然のようにあごへ触れてくる指先を押しのける。分別のあるふりで視線を逸らした。

「あなたが、塩と砂糖を間違えない料理なら、なんでも……」

「この前の金平はうまく作った」

「その前の肉じゃがはひどかったですけど」

嘉槻は笑いながら肩を押しつけて先を急がせる。

「魚屋に寄って帰りたいな。なにか、いいものがあるかも知れない」

「鰆（さわら）がいいな。味噌に漬けて焼こう」

この頃になって、青柳は晩酌のつまみにこだわるようになってきた。

「菜の花のお浸しもあるといいな」

嘉槻が答えると、微笑んでうなずく。

「じゃあ、八百屋にも寄って……。新しい酒も一本」

「いろいろ入り用ですね」

「きみと旨い酒を飲みたい」

さらりとしたひと言は、嘉槻だけがわかる口説き文句だ。酒を嗜（たしな）んだ後で、ふたりがすることはひとつしかない。

「今夜も月がきれいだといいけど……」

「俺は、きみを眺めていれば、それでいい」

甘い言葉が胸に沁みて、嘉槻は顔を背けた。ゆるんでしまう頬を見られるのが恥ずかしくて歩調も速める。

青柳はしばらくゆっくりと歩き、嘉槻を眺めながら追ってきた。

夕暮れは静かに訪れ、台所から響いてくる包丁の音に耳を傾ける。勉強部屋の文机に肘をつき、迷子になった集中力を探しながら窓の外を覗いた嘉槻は甘いため息をついた。

木綿の着物の衿をそっとしごき、開いていた文献を閉じてしまう。

もう今日は充分だから、青柳を手伝おうと腰をあげる。そこへ影月が駆け込んできた。戸は数センチ開いている。

「頼久さんがいらっしゃっています」

「どこに？」

「今日は木戸を見つけたようです」

「そう。林で迷子になる前に探してあげないと」

笑いながら影月に向かって指を差し出す。ひらりと飛んだ身体が手の甲から肩へとすべり上がる。

嘉槻は文箱(ふばこ)を引き寄せ、中から呪符を取り出す。指先で呪文を重ねて描き、ふっと息を吹きかけた。窓を開けると呪符が飛んでいく。

これで頼久は迷わずに玄関までたどり着けるはずだ。

迎えに行ってやろうと部屋を出た嘉槻は、ちょうど台所から出てきた青柳を見て足を止めた。

ふたりの視線がぶつかる。不機嫌な表情の青柳は、嘉槻が放った呪符に気づいている。

彼の結界の中だから、当然のことだ。

「頼久さんが寄ってくれたみたいです」

「邪魔をしにきたんだろう」

答える青柳は冷淡だ。嘉槻は肩をすくめて背を向ける。

可愛い焼きもちに付き合っていたら、友人をなくしてしまう。

「俺がいれば、それでいいだろう」

背中にいつものわがままが飛んできて、嘉槻は肩をすくめた。思わずうなずきそうになるのが本心だ。けれど、そうではないふりをして肩越しに軽く睨む。

「あなたがいるから、友人がいるのも悪くないんです」

「どういう意味だ」

「……わからないの？」

肩を揺らして笑いながら玄関へ立つ。すりガラスの引き戸の向こうに見知った人影が見えた。

呼び鈴もない家だ。戸を叩いた頼久の声がする。

「こんにちは。あ、こんばんは、か……。こんばんは！　嘉槻くん、青柳さん！」

戸を開けようとした嘉槻の肩を押しのけ、するっと青柳が近づいていく。

「迷惑だ。帰りなさい」

　ガラッと戸を開けて、嘉槻を隠すように立ちはだかる。頼久は気にもかけず、青柳の着物の袂（たもと）をめくって顔を見せた。

「やぁ、嘉槻くん」

「……おまえは」

　青柳の声がぐっと低くなったが、頼久に危害を加えることはない。もうすでに彼は何度も家に来ていたし、泊まって帰ることもある。

　青柳はただ頼久をからかいたいだけで、頼久のほうは気にもかけずにかわしている。そういうふたりだ。

「実家で余っていたから持ってきたよ。高級すき焼き肉だ。ネギも豆腐も春菊も途中で調達してきたから。……もう夕飯を作ってしまいましたか？」

「……変更はできる」

　差し出された布袋を受け取り、青柳は大げさに肩を落とす。

「高級肉……っ」

　どこからともなく聞こえてくる小さな声は、影月と雪白のものだ。

「祥風堂の若さまは、わかっていらっしゃる」

「嘉槻さまには肉を食べて、精をつけてもらわなくては……」

　玄関にちょこんと立ちあがった姿も見慣れたもので、頼久の相好（そうごう）が崩れた。青柳がすっと身をかわし、頼久を中に入れて戸を閉める。

「あぁ～、管狐、かっわいい……っ。おいで、おいで」

頼久はいつものようにしゃがんで両手を差し出す。小さな二匹のいきものは、顔を見合わせ、青柳を見やり、嘉槻を振り向いて小首を傾げた。

「どうしよっかなぁ……」

「若さま、すぐ撫でくるからなぁ……」

わざとらしく焦らし、ちらちらと頼久を見る。

「お土産（みやげ）あるよ。和三盆（わさんぼん）の干菓子」

頼久は手にしていた紙袋を見せた。やけに大きい。

影月と雪白の耳がぴくぴく動き、尻尾が喜びを隠しきれずに跳ねる。

「若さまはお客さまだから」

「接待をせねば……」

「こちら、こちら」

「こちらへどうぞ」

交互に言いながら、そわそわと居間の縁側へ向かって歩き出す。

嘉槻は笑いながら頼久を招き入れ、背中を見送る。

「すっかり懐柔されて……、頼久に横取りされるのも時間の問題だな」

青柳がぼやきながらそばへ戻ってきた。嘉槻は、頼久が持ってきた布袋の中を覗きながら答える。

「思ってもいないことを言って……」

「まぁ、おまえを撫で回されるよりはましだな」

「……青柳」

あごを反らして睨むと、覆いかぶさるようにくちづけが落ちてくる。

「きみも遊んでおいで。いたずらされない程度にな」

そっとくちびるを離し、肩をすくめた青柳が台所へ戻っていく。

「手伝います」

嘉槻はすぐに追いかけた。しかし、台所へ入っても仕事は与えてもらえない。

「怪我をしたら大変だ。そこに座っておいで」

食卓の隅のイスを勧められたが座らず、布袋から食材を取り出す青柳を覗き込む。

「過保護だよ。怪我をしたってだいじょうぶなのに」

延呪の影響で、切り傷ぐらいならすぐに治ってしまうのだ。

「痛覚はあるだろう」

豆腐を確かめようとした嘉槻の指先をつまみ、かすり傷ひとつないのにパクと口に咥(くわ)えた。

じゅっと吸われ、嘉槻は浅く息を吸い込み、背筋を震わせる。

互いの視線は熱っぽく絡み、誘われるままに腕の中へ入った。背中を抱かれて身を任せ、くちづけを交わす。

「あいつが泊まってても、抱いて寝るからな」

頼久は居間に布団を敷き、青柳と嘉槻は寝室に布団を敷く。彼が泊まる夜は、もちろん交渉を控える。

「抱きしめるだけ？」

青柳をからかいたくなった嘉槻は、指先であごの裏を撫でながら問いかける。

思わず声が色っぽくなり、青柳は目をついと細めた。

「……見られながらするのが好きか？」

「好きじゃない」

青柳の言い方があまりに卑猥に感じられ、嘉槻は熱くなる頬を彼の肩へ押しつけた。

心臓が高鳴り、甘い痺れに支配される。欲情がじわりと湧いてきた。

「でも、ね……。あなたと愛し合ってることを、だれかに言いたくなることもある」

本心をひっそりと打ち明け、覆いかぶさってくる青柳からの深いくちづけを受けた。くちびるを押しつけ合い、舌を絡める。

「じゃあ、あいつに聞こえるように結界をゆるめよう」

「見られたくないって、言ったのに」

「聞かせるだけだ。ほんの少し。とっかかりだけ……」

「嘘つき」

つんとあごを反らして、くちづけから逃げる。しかし追われて、しっかりと抱かれた。

「俺にも、きみを誇りたくてたまらない気持ちがある。……ちらりとも見せたくはないが」

「……うん。だめだよ。だれにも、だめ……」

ささやいてつま先立つ。青柳の首筋に腕を回して引き寄せながらくちびるを合わせる。

いつまでも繰り返していたい優しいくちづけは、穏やかな日々の中にあり、ふたりはまたそっと愛をささやく。

とろけるように見つめ合い、言葉にしない永遠を誓う。

わずかに開いた窓の隙間から、甘い花の匂いが忍び込む夕暮れだ。

青柳の腕が嘉槻を強く抱き、嘉槻もまた彼を抱く。遠く、管狐たちと笑う頼久の声が聞こえ、ふたりは視線を絡ませて肩をすくめる。

どちらともなく笑って、額を触れ合わせた。


【終わり】

月夜のこと

影月と雪白の寝床は竹筒の中だ。しゅるりと入り、柔らかな毛を絡み合わせて収まると、すべてを忘れて眠ってしまう。

普通なら雌雄一体となって飼われるものだが、彼らには性別がない。だから、増えることもなく、たった二匹で青柳に従ってきた。理由は特にない。そんなことは考えたこともない。

気がついたら青柳といて、彼だけが絶対的な支配者だった。

「よしよし、万事とどこおりなし」

えいやっと竹筒のふたを押し開けた影月が言う。雪白は先を争って、しゅるりと外へ出た。

月の明かりが美しい夜だ。こういう日の恋人同士は、お盛んと決まっている。

影月と雪白は、竹筒が置かれている勉強部屋から抜け出して、青柳と嘉槻の寝室とは別方向へ向かった。狙いは台所に置かれている上用饅頭だ。

しっとりとした皮と塩味の効いた餡の具合が絶妙な逸品で、昼間に頼久が持ってきた。嘉槻からふたつもらったが、まだまだ足りない。夜のうちにいただこうと決めて、二匹は自分たちで竹筒に入り、ふたを軽く閉めておいた。完全に閉めてしまうと、中から開けるのは困難だ。

「あっ……」

戸の開け放れた台所へ飛び込もうとした影月は、とんぼ返りをひらりと決めた。淡い光が廊下に差している。

「おやおや」

覗く影月の上に白い体毛の雪白が乗りかかる。影月の細い尻尾が疎ましげに揺れて跳ねる。べしべしと雪白のからだを叩いた。

「今夜はこちらにおいでだ」

雪白のふさふさした尻尾が、影月の尻尾へ絡みつく。押したり引いたりの力比べをしながら、二匹は台所を覗き込む。

部屋の中を明るくしているのは、鬼火のあかりだ。青柳の術によって青白く光っている。ふたりはひとつの影になり、ゆるゆると揺れていた。

耳を澄ます必要もなく、嘉槻の乱れた息づかいと甘い吐息が聞こえてくる。流し台にすがる格好でふたりは重なり『致している』真っ最中だ。

「困った……」

影月が呟くと、床に述べた影がわずかに膨らんだ。青柳に気づかれたと察し、二匹は身体中の毛を逆立てておののく。

思わずバタバタしそうになったところへ、ポーンと丸いモノが投げられた。ひとつ、ふたつ、みっつ、よっつ。二匹が運ぶには限界値の上用饅頭が廊下へ転がる。薄いフィルムに包まれたそれをさっと拾い、二匹は縁側へ駆けていく。

嘉槻と青柳の寝室から枕元に置かれた水をいただき、二匹は月夜の縁側にちょこんと並んで座る。上用饅頭の包みを剥がし、ぱくりと食らいついた。

「もう床の上でなさらないとは、飽きが早い」

影月があきれたように言い、雪白が尻尾を動かして答える。

「嘉槻様の成長がお早いからだ」

「延呪がかかったのだから、成長は間延びするはずじゃないか」

「いやいや、影月。あっちの成長だよ。嘉槻様はお若いから」

「あれも、嘉槻様のご希望と言うわけか」

影月がほぅっと吐息を漏らす。

「そりゃあ、そうよ。許しがなければ、さすがの主様も台所では、ことに及ぶまい」

雪白はしたり顔で答えたが、饅頭を置いて水を飲む影月は冷静に言った。

「……そうかな?」

首を傾げて、月を見る。その隣で、雪白も首を傾げた。

「そうよなぁ……。我らが主様もお若いな」

「鬼が惚れると、それはもう……」

二匹は顔を見合わせてうなずき、いまは饅頭を味わうことにした。

練り餡の上品な甘さは恋人の関係に似ていると、二匹が二匹とも感じているのだった。

あとがき

こんにちは、高月紅葉です。

今回のテーマは、和風ファンタジー。鬼と呪術と淫紋と溺愛たっぷりな一本に仕上げました。いかがでしたでしょうか。

彼らの生活は、基本的に青柳が食事を作ります。彼はたいして食事をしなくても生きていけるのですが、嘉槻が育ち盛りだったのでたくさん食べて欲しかったんでしょう。

ただ、塩と砂糖をよく間違えます。砂糖を三温糖(さんおんとう)にしても間違えます。そして、味見をしません。嘉槻はたびたび驚かされたと思います（笑）。

嘉槻から確認するようにお願いされ、いまは青柳も味見をしますが、「砂糖と塩の話」が定番ネタです。嘉槻が青柳をからかうときの定番。青柳はからかってくる嘉槻が愛しいので、何度でも繰り返して欲しいと思っているはず……。甘いですね。

ふたりはこのまま幸せに暮らしていきます。そのうちに、嘉槻が年を取らないと気づいた頼久が、いろいろと手を回して居場所を確保してくれます。

おそらく、伝説の退魔師になっていくんじゃないでしょうか。

最後となりましたが、この本の出版に関わった方々と、読んでくださったあなたに、心からのお礼を申し上げます。またお目にかかれますように。

高月紅葉

仲良くくつろぐ二匹(?)を
描いてみました

ヤクザに追われる拝島は、当たり屋の真似をして偶然に出会ったセレブの柏木の家に上がり込む。期間限定の同居生活の中、出ていけと言いながらも自分を気遣う柏木との時間は心地よく、拝島の中に特別な感情を生んでいく。初めてのとろけるような快感や、欲しかった居場所をくれる柏木。次第に心惹かれていく拝島だったが、自分とは立場の違う彼を思うと一緒にはいられなくて――…。

大好評発売中

初出一覧

ダリア文庫をお買い上げいただきましてありがとうございます。
この本を読んでのご意見・ご感想・ファンレターをお待ちしております。

〒170-0013 東京都豊島区東池袋3-22-17　東池袋セントラルプレイス5F
(株)フロンティアワークス　ダリア編集部
感想係、または「高月紅葉先生」「笠井あゆみ先生」係

この本のアンケートはコチラ！

http://www.fwinc.jp/daria/enq/
※アクセスの際にはパケット通信料が発生致します。

淫呪の疼き -溺愛鬼と忘れ形見の術師-

2022年4月20日　第一刷発行

著　者
高月紅葉

発行者
辻 政英
発行所
株式会社フロンティアワークス
〒170-0013 東京都豊島区東池袋3-22-17
東池袋セントラルプレイス5F
営業　TEL 03-5957-1030
http://www.fwinc.jp/daria/
印刷所
中央精版印刷株式会社